目からウロコ

――「ちわきの俳句の部屋」から

兼久ちわき

文學の森

目からウロコ――「ちわきの俳句の部屋」から　もくじ

【春】

【夏】

【冬】

装画・カット　東　久世
装丁　水崎真奈美

目からウロコ

――「ちわきの俳句の部屋」から

＊文章の最後にある日付は、ブログ掲載年月日です。

春

俳句は〝省略の文学〟、されど……

季語：利休忌

今日は二月二十八日、明日からもう三月です。あっという間の二月でした。ところで、歳時記を見ると、利休忌が二月二十八日になっています。でもこれは陰暦ですから、陽暦でいえば一ヶ月半前後のずれがありますので、今でいえば四月の初めから半ば頃まででしょうか。俳句では「利休忌」という季語は仲春になっています。

利休のことは何度も映画やドラマになっているので、皆さんよくご存じでしょう。泉州堺で生まれ、信長、秀吉に仕えた茶道の大成者。最後は秀吉の怒りに触れ、七十歳で自刃した人。

以前お茶を習っていたときに、この利休忌にちなんだ茶事をしたことがありましたが、確かひと月遅れの三月二十八日頃だったような気がします。利休の姿が描かれた軸を掛けて、それに「廻り花」といって、連客と亭主が代わる代わる花入れに花を供えていき、そのあとお茶を点てて飲むのです。

その時、先生から花は何でもよく、野辺に咲いている名も無い花でいいのよと言われたのを思い出します。利休は〝侘茶〟を完成させた人ですから、豪華なものや派手なものを避けたというのは当然のことでしょうね。ちなみに、私はその時畑に咲いていた芥子菜《からしな》の花を持って行ったような気がします。この花は菜の花に似た黄色い十字花で、やはり春の季語です。


強情の千の利休の忌なりけり　　　　相生垣瓜人

この句の作者は「馬酔木」の大先輩です。私が俳句を始めたときはもうお亡くなりになっていて、私は名前だけしか知りませんが、〝瓜人仙境〟という言葉が残っているぐらいですから、どんな方だったかということも少しは想像できるでしょう。飄逸味のある独特な句風であったとか……。

この句、単純明快ですね。これだけすっきりと詠まれると何もいえません。しかし、この「強情」という語が、なかなか知っていても言えない言葉なのです。

さらに、「千の」の語の効果も考えてみて下さい。意味から言えば、これは不必要な言葉ですよね。即ちこの語がなくても意味はしっかりと伝わるのです。なのに、この言わずもがなの語をなぜわざわざ使ったのでしょう。勿論そのままでは五七五のリズムになりませんから、何か三音の語を探して入れなくてはいけません。きっと瓜人さんはいろいろな語を考えてみたと思うんですよね。そして、最後に到達したのが、余分なものを入れるよりは、このまま利休の姓を使って〝せんのりきゅうの〟とした方が、リズムもよく内容も崩さずに済むと思ったのではないでしょうか。

また、この「千」が名字というだけでなく、数字の「千」に通じるので、利休の強情が並大抵なものではなかったというイメージを呼び起こし、利休の人柄を知っている者にはその姿を髣髴させるのです。そして、その強情故に切腹せざるを得なかった利休の人生をも顧みて感慨を覚えるのです。俳句を作ってみるとよく分かりますが、容易いようにみえる句ほど本当は難しいのだということが言えます。この句もその一例でしょう。

また、俳句とは無駄や不必要なものを極力省く、いわゆる〝省略の文学〟と言われていますが、この句のように無駄も意味があるということになると、本当に難しくなりますね。いくらやっても本当に奥の深い文芸です。それはきっと、人の心や人生にこれだという正解がないようなもので、だからこそ〝詩〟の世界が、古今東西なくならないのだろうと私は思っています。

これからも暇が出来たときには、いろいろ俳句にまつわるような話を書いてみたいと思っています。

2017年02月28日

俳句はオモシロイ！

季語：春寒

一昨日から急に暖かくなり、天気もよくなりました。昨日は、句会から帰る時の車の温度を見ると二十四度と。まるで先日の寒さが嘘のようでした。しかし、昨日の兼題は「春寒」。立春後の寒さのことで、「余寒」などと同じですが、既に春になった気分の強い季語です。

春寒や船からあがる女づれ　　永井荷風

この句を句稿の中に混ぜていましたら、採った二人の解釈がまったく違っていて面白かったんですよ。一人は「海女さんが海へ潜って船にあがってきたところだろう」と。もう一人は「どこか渡船に乗って、着いたので桟橋にあがるところ……それも女同士の旅」と。

作品は何にしろそうなのですが、特に俳句は発表されれば一人歩きしますので、読者によってどう解釈されようと構いません。だからいろんな解釈が出て来るのでしょうが、やはり作者の意図するところをしっかり読み解くというのは大事なこと。だって作者は自分の思いを伝えるために、あらゆることを考え、あらゆる方法を駆使して五七五にしているんですもの。

そうすると、この句の手がかりは「船からあがる」と「女づれ」です。まず「舟でなく船という字が使ってあるから小さな手漕ぎ舟じゃない……ということは、海女はオカシイのでは？」と。「女づれも？　海女なら一人で潜り一人であがって来るのが普通……」と、どうも海女説は不利です。そうすると、ここは何人か旅の女づれが渡船を下りてくる場面……と落ち着きそうなところでしたが、「この女づれというのは、男が女を連れているのではないのか？」という意見が出ました。

なるほど、そうですね。

おそらくこれは作者が見た景を詠んだものでしょうから、男でも女でもあり得る景でしょう。それではと、ここで作者を明かしますと……エエッ！　永井荷風の名を聞くと、すぐに女性などが浮かびどうしても遊郭などとの連想が働いて、俄然この句に

【春】

色香が漂いはじめます。とすると、この句の「女づれ」は昼間から船遊びをしているお大尽と女性のカップル、その二人が船から下りてくる場面……春とはいえまだ川風も肌寒いころ。それを作者荷風はどんな気持ちで見て詠んだのでしょうか、などと考えると、この「船からあがる」という一点をいい止めて、その前後のことを想像させる……何かドラマが書けそうだと思いませんか？

そんなことを考えていたら、俳句はやっぱりオモシロイ！

２０１９年02月26日

季語が〝動かない〟というのは？　季語：余寒

昨日の夜の部の兼題は「余寒」でした。「冴返る」や「寒戻り」と同じ内容の春の季語で、暦の上では寒が明けて、春を迎えてはいるものの、まだ残る寒さがあるということ。

では「馬酔木」の俳人の三句を採り上げて、これらの季語の使い方などをみてみましょうか。先ず今は亡き大先輩のお二人の句です。

橋の灯の水に鍼なす余寒かな　千代田葛彦

校正の朱を八方へ冴返る　福永耕二

前句、「余寒」を川面に映った橋の灯、それを「鍼なす」と見立てて把握したもの。「鍼なす」とは、鍼灸に使う鍼のように尖って銀色をしている……と、寒さを感覚的

【春】

に捉えたのでしょう。後句は、嘗ては「馬酔木」の編集長だった作者ですから、その校正の時の赤鉛筆の色に「冴返る」寒さを実感しているようです。

さて、みなさんはこの二句を比べてみてどう思いますか。前句の方により寒さを感じませんか？　後句は寒いとはいっても、朱色とそれが更に「八方へ」と開放的に捉えて、やがて来る〝春〟を予感させているからでしょうか。前句にはやはり「鍼」の一語が効いていますね。同じような季語でも感覚的なものは違うでしょう。

更にもう一句みてみましょう。わが「馬酔木」の現主宰・徳田千鶴子先生の句です。

冴ゆる夜の無韻につもる砂時計　　徳田千鶴子

この句のキーワードは「無韻」です。「無韻」とは詩文で韻をふまないことの意から〝雪などが音もなく静かに降ること〟を表しているんですが、ここでは雪ではなく砂時計の砂が落ちていく様です。冬の季語「冴ゆ」は、寒さが極まって光や音・色などが澄みわたった透明な状態をいう季語ですし、夜の静寂《しじま》なんですから、かすかな砂の零れ積もる音が聞こえてもおかしくはないでしょう。が、そこにあるのはただ時間という無限の闇。その音のない中で主宰は一体何を見つめていたのでしょうか。主宰という多忙の日々に、ふっと訪れる一人の時間、早くに逝かれたご主人様への思いかも。闇の中に一途に研ぎ澄まされていく感覚……。

でも、この時間は短いですよね。どんなに長くても砂時計なんですから。でも「冴ゆ」という季語を使うと、まだまだ〝春〟への兆しが感じられませんので、どこまでも〝無〟へ繋がっていくような気がするのです。

ここでこれらの句を、例えば〈橋の灯の水に鍼なす寒戻り〉とか〈校正の朱を八方へ冴えにけり〉〈冴え返る夜や無韻の砂時計〉などと言い換えてみることはできますが、やはりしっくりとこないでしょう。ということは、それぞれの季語がその句の内容とぴったり合っている……即ち季語が〝動かない〟ということになるのですよ。少しは分かっていただけたかしら？

2020年02月09日

〝兼題〟って何？

季語：目刺

昨日は第一火曜日、俳句教室の日でした。地域のふれあいセンターで行っていますが、俳句というものは、普通の習い事のように毎週とか隔週とかはしません。普通どこでも月一回の句会を開くというやり方だと思うのですが、時には吟行といって郊外などに出掛け、各自自由に散策しながら句を作り、どこかの会場を借りて句会をするということもあります。

この吟行では、同じ場所で同じ景色などを見ていますので、よく分かる句が多く、「あ、これ詠みたかったのに出来なくて……」とか、「こんなとこあったの？」などと、それぞれの観察力や作句力を磨く勉強になります。

俳句教室では、毎月五句提出。四句は当季雑詠（句会の行われる季節のものなら何でも可）ですが、一句は兼題といって、あらかじめ決めておいた題で詠んでくるものです。言うならば宿題みたいなものですね。

今月の兼題は「目刺」でした。真鰯か片口鰯の目の所を藁や竹串で通し、五匹前後をひとまとめにして干したもの。鰓を通したものは「頬刺」と言います。生干しと固干しがあり、最近は柔らかい生干しが好まれているようです。昔から庶民の食べ物として一般的なものでしたが、最近では鰯が不漁のためか、意外と高くつくし、メインのおかずにはなれないので、食卓に上る機会が少なくなりましたね。子供の頃は七輪でさっと炙って良く食べていたのになあと、時々懐かしくなり買ってきたりしますが。

さあ、今日はどんな句に出会えるのかと思うと、いつも楽しみになります。


目刺し焼くここ東京のド真中　　鈴木真砂女

これは私の尊敬する鈴木真砂女さんの句です。俳句を嗜んでいらっしゃる方は殆どご存じでしょうが、生涯現役を通された昭和期の女流俳人です。二度の結婚・離婚、その間には年下の妻帯者との不倫で家出など、まさに恋多き情熱の女性でした。離婚後五十歳のとき、独力で東京の銀座に小料理屋「卯波」を開き、九十六歳の亡くなるまで、その女将と俳句人生とをやり通しました。この句もそんな暮しの中から生まれたものでしょうが、さすがですね。彼女を知ってからは、いつもこんな句を詠みたいと憧れていました。

戒名は真砂女でよろし紫木蓮　　鈴木真砂女

これも真砂女さんの潔さを感じさせる、私の好きな一句です。季語は「紫木蓮」、「しもくれん」と読み、字の通り紫色の木蓮の花のことです。

今知ったのですが、真砂女さんは丙午生れ《ひのえうま》とか……なるほどと納得しました。昔から丙午生れの女は気性が激しく、夫を殺すという迷信があって、確かにその丙午の年が廻ってきたときは出産率ががた落ちになったという記憶があります。迷信ながらも、やはり我が子には不幸な人生は歩ませたくないという親心でしょう。昔も今も変わらないですね。

２０１７年03月08日

句会の面白さ！

季語：受験子

今日もまた、俳句教室でした。今回のハイライトは次の句、

受験子と握手してわが運渡す

原句は〈受験子に渡すお守り我の運〉でした。季語は「受験子」、「じゅけんし」と読みます。基本季語は「入学試験」で、その傍題に「受験」「受験生」「受験子」などがあります。「合格」もその一つですが、ここで気を付けないといけないのは「落第」という季語。合格は入学試験でのことで、落第は卒業試験や進級試験などで不合格になること、だから同じ春の季語であっても、意味は違ってきます。

さて、原句の作者の気持ちはとてもよく分かりますね。お孫さんに合格祈願のお守りを授かってきて、さあ渡そうとしたとき、自分の運気も一緒にあげようと思ったの

だと……。ちょっと欲張りすぎかな。やはりここでは、「お守り」か「我の運」かのどちらかにした方がいいでしょう。

「受験」に「お守り」はもう定番ですから面白くない。ここは「我の運」を生かしましょう。作者曰く、「渡す時、がんばってねと、私の運を注入してあげるためギュウッとハグしたんですよ」と（笑）。中学三年生？　高校かも……もし男の子だったら当惑するでしょうね。でも女の子でした。

「確かにあなたは誰もが認める強運の持ち主だから……でも、もし悪運だったらどうするの？」

それで結果は？　と聞くと、すかさず「見事に落ちました！」と。一同エエッ!!と開いた口がふさがらない……すると、「大丈夫ですよ、これが却って福となるかもよと、ちゃんと励ましておきましたから」ですって（爆笑）。

あ～なんと愉しいこと！　……これが句会の面白さです。でもやっぱりハグは俳句的ではないと思い、握手ぐらいにしておきました。

２０１7年03月28日

菜種梅雨？　それとも花菜雨？　季語：菜種梅雨

今日も雨……これは菜種梅雨ですかね。でも降り続くんじゃなくて、一日置きという感じなんですが、やはりそう言うんでしょうか？

しかし、菜の花の頃に雨が降らないわけではありませんので、調べてみるとその頃の雨を「花菜雨」として「菜の花」の傍題になっています。どちらも春の季語ですが、「菜種梅雨」は「梅雨」という以上「長雨」のことですから、まあ四、五日は降り続かないとね。そこで次の二句を比べてみました。

能面の目の奥くらし菜種梅雨　木村里風子

旅に買ふ菓子のかるさよ花菜雨　鷲谷七菜子

「菜種梅雨」の句は「能面」との取り合わせ、それも「目の奥」ですから、あの能面の目にある小さな丸い穴のことでしょう。私が思うに、この能面は〃小面〃という若い女面では？　だとすると顔の白さと目の奥の暗さが響き合って、より一層能面の陰翳ある妖しげな美しさが浮かび上がってきます。それが更に季語「菜種梅雨」によって、明るさの中にも陰鬱さの混じった、何とも幽遠な感じの景となるのではないでしようか？

「花菜雨」の句は、旅に出て立ち寄ったどこかの小さなお土産屋さんでしょうか。それとも自分が食べるおやつかしら……どっちにしろ荷物になるのだから軽いものをと思うのが当然ですよね。菜の花の咲き乱れている田舎道でしょう。雨も降りしきるようなイヤな感じではなく、サアーッと通り過ぎる春雨のようなとても軽い感じの雨。このように二句を並べてみると本当に対照的ですね。

読みから考えても、「なたね」と「はなな」の音の響き、更に「づゆ」という濁音の重さと「あめ」という軽さ、それらが季語の特徴とよく通じ合っています。そういう本意を知った上での季語を選択して欲しいものですね。

２０１８年03月08日

言葉のニュアンス

季語：春灯

今日の兼題は「春灯」で、もちろん三春の季語です。歳時記には「春の夜にともる灯火には、明るさやのびやかさ、華やぎがあって、特に朧夜の滲んだような灯には濃艶な趣がある」と書いてあります。確かに「夏の灯」「秋の灯」「冬の灯」と比べると、それぞれの情趣の違いがよく分かりますね。

春燈や衣桁に明日の晴の帯　富安風生

いいですねえ。こういう句をみると、やはり日本でしか感じられない情緒そのものという印象でしょう。「明日の晴の帯」とは結婚式でしょうか。だとすると、金糸銀糸の豪華な袋帯、それも娘さんの帯ではなくその母、すなわち自分の妻の帯だと私は思うのですが……。しみじみと明日の娘の晴れ姿と妻の姿を重ね合わせて想像しなが

【春】

ら、もしかしたら春灯の下で一杯やっているのかも。これは嫁に出す娘を持つ父親だけの感傷的な思いに違いありません。

今回の句会でも面白い句がありました。それは〈春灯やたつた二人の祝ひ膳〉という句。結構点が入っていましたので、どこが良かったのか聞くと、

「二人だけでお祝いの膳を囲んでいる雰囲気が季語の春灯に合うので」

「そうですね。なかなかいい雰囲気ですよね～（笑）」

「ところで何のお祝いなのかしら？」

するると、作者が名乗り出て、

「創作なんですけど……誕生日のお祝いで……」

「ホントはみんなに祝ってもらいたかったのでは？」

「そうなんですけど……」

「旦那様はお祝いしてくれる？」

「とんでもないですよ！」

すると、みんなもワイワイガヤガヤ……と。どこのお宅でも誕生日といったってな～んにもなしなんですって！　まあ、私たちの年代の男性ってみんなそうなんです。

きっと照れ臭いのでしょうね。

ところで、その不満が心のどこかにあるのでしょうと作者に問うと、「そりゃあまあ……だから理想を詠んだんです」と。ほら、俳句って正直ですね。その気持ちが句にしっかり表れていますよ。どこでしょうと聞くと、みんな「……?・?・?」

「たつた」という言葉、「二人だけの」という語と比べてみて下さい。同じだと感じるでしょうか? でも作者は音数が足りないのでと思って使ったのでしょうが、言葉のニュアンスは全く違います。辞書の例文にも「たったこれだけ」とあるように、数量が少ないさまを強調するときに用いることが多いのです。ということは「二人」というのに不満が残っているということ。

そこで、〈二人だけの祝ふワインや春灯〉と直し、「誕生日じゃ面白くないから……ここは結婚記念日にしましょ! ならば邪魔者がいない方がいいわよね」と。嘘でもいいから、皆さんどんどん俳句の中で〝遊びましょう〟。そうすると、楽しくなりますよ。

事実をいうのは報告、一般論をいえば理屈といつも言われるので、考えた末の句なんですよとは作者。よ〜くよく分かります。でも、皆さん考えすぎはいけませんよ。

気楽に頑張りましょうね。

2019年03月05日

今日は啄木忌なんですよ！

季語：啄木忌

この四月十三日は石川啄木の忌日、「啄木忌」で春の季語です。では啄木忌にちなんで、次の三つの短歌と俳句をそれぞれ見比べて鑑賞してみましようか。歌は啄木のよく知られたもの。俳句は、きっとその歌を思いながら詠んだのではと思われるものを抜き出してみました。

不来方《こずかた》のお城の草に寝ころびて／空に吸はれし／十五の心

城 の 堀 い ま も に ほ へ り 啄 木 忌　　山口青邨

ふるさとの訛《なまり》なつかし／停車場《ていしやば》の人ごみの中に／そを聴きにゆく

靴 裏 に 都 会 は 固 し 啄 木 忌　　秋元不死男

【春】

はたらけど／はたらけど猶《なほ》わが生活楽《くらし》にならざり／ぢつと手を見る

啄木忌いくたび職を替へてもや　安住　敦

「不来方のお城」とは盛岡城のことで、十五歳の頃の啄木は盛岡中学校を抜け出しては城跡を散策したり、文学書や哲学書を読み漁ったりしていたんだそうです。青邨も盛岡が出身ですから、この城跡へ来ては、啄木のいた頃と今も同じだなあとしみじみと偲んでいるのです。

不死男は横浜の出身ですから、啄木のように「ふるさとの訛なつかし」ということはなかったかも知れません。が、父親が早くに亡くなって母子家庭となり弟妹もいたので、高等小学校を卒業するとすぐに働きに出ます。その都会での苦労や辛さが啄木の心情と通じ合ったのでしょう。

最後の敦の句も、やはり父親の事業の失敗で上級学校へ進学できず、早くから働きに出ますので転職も何度かしたようです。職を何度替えようとも生活は少しも楽にならない……。あの手をじっと見る啄木の気持ちがいやというほど身にしみての感慨を詠んだものなんですね。

以前、忌日の句を詠むのは難しいと書いたことがありますが、このように世間によく知れ渡っている人の忌日ならば読む人も素直に納得できるでしょう。また、この啄木忌のようにその人の生き方や境涯が重なって、より深く句を鑑賞してもらえるという良さもあります。そういうことをよく理解した上なら、忌日の句に大いに挑戦してみて下さい。頑張って！

2020年04月13日

今日は「菊植う」日和でした！

季語：菊植う

今日はいい天気なので、やっとこさ腰を上げて菊の植え替えや鉢植えの整理をしました。先日、植え替えをしようと土や肥料などは買ってきてもらっていたのですが、主人は買ってくるだけ。私がやらないとそのまんまなんです。でも、外で土いじりをするのは本当に気持ちのいいもの。やっぱり家の中ばかりに閉じこもっていないで、外の新鮮な空気を吸わなくっちゃ！　植物も人間も一緒ですよね。古い土では息苦しいでしょうし、栄養もなくなっているんですから、美しい花を咲かせるなんてどだい無理でしょう。

さて、その「菊植う」というのは、春の季語なんですよ。

菊植ゑて孫に書かする木札かな　　一茶

菊は、春になると枯れた古株から新芽が出ますので、それを根分けして植え直します。だから「根分」だけでも春の季語になるのですが、これは菊だけではなく、萩、菖蒲、桜草、都忘れなどの多年草やシンビジウムなどの蘭の株分けにも使います。それで菊の場合は「菊根分」もしくは「菊植う」で詠んだ方がいいでしょう。

ただし、「菊挿す」となると夏の季語になりますので気をつけて！　これは、大輪の菊などを咲かせようとするとき、五～六月頃に挿し芽をしますが、そのことなんですよ。

前掲の一茶の句は平明でよく分かりますね。菊にもいろいろあるでしょうし、同じ種でも色の違いがあります。それを葉だけで区別するのは難しいので、「黄菊」とか「白菊」とか、その種類を木札に書かせているのでしょう。ここでの問題は書かせているのが「孫」ということです。だって一茶は子供を幼くして亡くしているので、孫などいるはずはないのですから。だとするとこれは一茶の夢？　でなければ、どこかで見かけた風景ということになるのですが……。

まあそんなことは考えずに鑑賞すれば、おじいちゃんと孫との幸せな一時の、ほのぼのとした場面が浮かびませんか。我が家の菊はみんな小菊なんですが、今新芽が

青々として一番力が漲っています。いい花を咲かせようと根分けして菊を植える姿、
それに重ねて子供の成長も予想され……景のしっかりした一茶らしい温かい句ですね。

２０２０年04月15日

「花冷え」と「花の冷え」

季語：花冷え

〝暑さ寒さも彼岸まで〟と、さあこれで寒さからは解放されるものと思いきや……このところ寒い日が続いています。関東地方では昨日雪が降ったとか。こちらでは昨夜から「春雷」です。

今日の兼題は「花冷え」でした。この題を決めたのは一ヶ月前、今年は桜が早そうだからまあいいのでは……と決めたのですが、このところ思わぬ寒さがぶり返して、こちらではまだ一輪も開いていません。このままいくと……いつ？　とにかく俳句は先取りが好まれますから、桜が咲いていているつもりで、さあ詠みましょう。

招客にたぎる茶の湯や花の冷

今日の最高点句です。『角川俳句大歳時記』には「花冷え」の傍題として「花の冷え」がありますので、これが季語。以前わが「馬酔木」では、「花の冷え」と言うべきではなく、どうしても下五に使いたいときは「桜冷え」というべきだと教わったことがありますが……さてどうでしょう? 私見では、例句もたくさんあるし使ってもいいのではとも思うのですが……。

季語のことは別にして、この句なかなかのものですね。まず口に出して読んでみると分かりますが、リズムがいい。ここまで詠めるようになったKさんの成長がとても嬉しいです。でも、これで満足していたら先へは進めませんよ。常に向上心あるのみです。

そこで私が、「招客は正客がいいのでは」というと、「これは友達を招いて、三時のお茶をしたのを詠んだんです」という。「エエッ! じゃあ、茶室か何かで抹茶を点てているところではないの?」と……。ここはやはり、気楽なおしゃべりの場より正式な「茶の湯」の場面がこの季語には相応しいでしょうね。

それに「たぎる茶の湯」も少しおかしい。「茶の湯」といえば茶会や茶道のことで、たぎるのは湯でしょうし、また湯とは沸いたものをいうのだから……そのへんをすっきりと整理してみましょうか。そこで最終的には次のようになりました。

正客にたぎる茶釜や桜冷え

こうすると、茶室の静けさや緊張感も感じられて、すっと伸びた背筋に「花冷え」がとてもよく似合いますね。

2017年03月27日

俳句は一字が大切！

季語：花曇

　金曜日の兼題「花曇」で高点句だったのは、〈鬼瓦庭にほかれて花曇〉でした。「鬼瓦」と「花曇」の取り合わせの句ですね。立派な鬼瓦がもう要らなくなったのか、庭に捨てられていたのを見て詠んだのだと作者。きっと寺の庭などでしょうか。普通は屋根の上にで～んと構えて威張っているような鬼瓦が、もう用なしと捨てられているのはちょっと哀れ。季語の「花曇」もほどほどに響き合っていていいと思いました。なのにどうしても何か気になるのです。みなさんはどうですか？

　それは中七の「ほかれて」です。ウ～ン！　これ終止形は「ほかる」？　じゃあこれは何形なの？　助詞「て」に付くのなら連用形のはず……ということは、この動詞は下二段活用なの？？？　などなど、疑問が生じるでしょう。意味は「捨てる」だと、採った人も作者もみんな分かっているのに。

では「捨てる」というのを「ほかる」と言うのは方言かしら？　と皆さんに聞いてみても「？・？・？・」……そこで、広辞苑で調べてみるとありました。東海・北陸地方などで「捨てる」ことを「ほかる」と。

でも、ラ行五段活用ですって。ということは連用形は「ほかり」なので、やはりこの「ほかれて」という使い方は間違いという結論になります。だから、捨てるという意味の「ほかす」を、正しく「ほかされて」と、もしくは方言「ほかる」を使うなら「ほかられて」と言うべきところですね。ちなみにここは主語が「鬼瓦」ですから、「れ」は受身の助動詞ということになります。

最終的には中七が字余りになるので、助詞「て」を除けて、〈鬼瓦庭にほかされ花曇〉としました。方言も使いようによってはおもしろくなりますが、あまり意味がないのなら標準語の方を使って、美しく仕上げた方が詩的になると思います。

ちょっとしたことですが、俳句というものは短い分だけ一字一句に気を配ってほしい。俳句には伝統的な美しい日本語を残していくという役目もあるかと、私は思っていますから。

２０１９年04月21日

「桜隠し」をご存じですか？

季語：桜隠し

「春の雪」には、傍題に「桜隠し」という季語があります。読んで字の通り、旧暦三月の桜の咲く頃に、その桜を隠すように雪が降ること。また、満開の桜に積もる雪のことなんです。

この言葉は、もともと新潟県東蒲原郡東川村（現在の阿賀町）の方言であることが、『越後方言考』復刻版（小林存著／一九七五年／国書刊行会）に出ているそうです。また、「朝日新聞」東京版（一九九三年四月二日夕刊八面）にも、かつてテレビで気象キャスターとして活躍された倉嶋厚さんが、「旧暦三月の雪を指す新潟県の方言に『サクラガクシ（桜隠し）』がある。旧暦四月の雪は『カエロメガクシ（蛙目隠し）』という」と書いておられたとか。面白いですね。

「桜隠し」という季語は、昔から詩歌に詠まれてきた三大モチーフの「雪月花」、その雪と花の両方が入っているという、何とも雅やかで美しい季語。ちなみに俳句では〝花〟といえばもちろん桜のことなんですよ。

俳誌「馬酔木」の若手の投句コーナー「あしかび抄」の選を、不肖私がさせていただいているのですが、その令和元年七月号の投句の中に次のような句があって、その選評を簡単に書いていましたので、紹介します。

達治忌の桜隠しの夜は更けぬ　伊藤幹哲

「達治忌」は四月五日、「桜隠し」とは桜の頃に降る雪のこと。こんな美しい季語を使ってもらえば三好達治もきっとご満悦だろう。

平成二十五年六月号の「馬酔木」にも、もうお亡くなりになられましたが、先輩の益本三知子さんの〈湖の島桜隠しに泛ぶなり〉という句がありました。これは恐らく琵琶湖を詠まれたのでしょう。そうすると桜隠しに泛ぶのは竹生島あたりかしら。何とも美しい景ですね。

2021年02月17日

子猫から親猫へ

季語：猫の子

五月三日、今日は憲法記念日です。

あれこれと溜まったものを整理して、何ということなく過ぎてしまいました。捲り忘れていたカレンダーも全部五月に変えましたが、その中に俳人協会のカレンダーもありました。その四月の句は私の好きな次の句でした。

猫の子のどう呼ばれても答へけり　有馬朗人

これは、有馬朗人《ありまあきと》さんの作で、氏はかつて東大総長を務めた物理学者であり、俳誌「天為」主宰の俳人でもあります。季語は「猫の子」で春。

作者の言を借りれば、「猫には人の言うことをきかない気ままさがあり、反応を予測出来ないところが面白いのだ」「でもこの猫の子は、まだ自分にどんな名前が付けられているかなど知るはずもなく、ただ呼ばれれば誰にでもニャ〜と返事をする。それが愛らしいのだ」と。私も何度か仔猫を飼ったことがありますが、兎に角〝可愛い〟の一言。これは猫の子に限ったことではないのですが……。

生まれたばかりの猫は、母や兄妹の温もりを探し求めては鳴くんですよ。だから、声を掛けたり、撫でてやったりすると甘えるようにニャ〜と答えるのです。それも生きるための一つの知恵なんでしょうね。誰に教わったというのではなく。

でも大きくなると、もう、ふてぶてしいこと！　家の主のようになって。我が家のテンも、仔猫のときはお乳を呑ませてやると、そりゃ可愛い声で鳴いていました。今はいくら呼んでも知らんぷり……自分が必要な時だけ、そう！　あの〝猫撫で声〟でニャ〜と。だから、テンと呼ぼうが、アホと呼ぼうが、〈親猫はどう呼ばれても知らんぷり〉ですよ。

でもこれ、俳句としてはダメなんです。季語は「親猫」で春なのですが……この「親猫」という季語は「猫の子」の傍題で、「孕猫」や「子持猫」と同じように、子を産む前や産んでからの子育て時期だけに使われるもので、一〜二ヶ月もすればこの「親猫」という季語を使うのはおかしいのです。ましてや十年猫には絶対に使えません。仔猫だって四～五ヶ月もすればもう成猫になるのですから、夏になったら〝猫〟です。

ところで我が家の猫、今では全く薄情なもんですが、でもやっぱりカワイイ！　いなくなれば家中を探し回りますし、家族と一緒です。実のところこの気持ちは飼ってみなければ分からないでしょうね。

2017年05月03日

夏

「毒消し売」が来る？

季語：立夏

今日は「こどもの日」ですが、我が子はもうみんな大きくなって、孫もいないし……だから私にとっては、今日が「立夏」ということの方が大切なんですよ。

この季語の傍題には、「夏立つ」「夏来る」「夏に入る」「今朝の夏」があります。要するに、今日から暦の上では夏になるということなのですが、最近の地球温暖化による気温の変動で、立夏前なのに早々と真夏日などといって騒がれたりして、「立春」や「立秋」と比べると、本当に実感のない季語になってしまいました。

毒消し飲むやわが詩多産の夏来る　　中村草田男

これは中村草田男の句です。ちなみに、今では当り前のように使われている「万緑」という夏の季語も、草田男が〈万緑の中や吾子の歯生え初むる〉と詠んでから定着したものですよ。草田男という人は本当に夏が好きだったのでしょうね。実際彼には夏の句が多いようです。

また、草田男に限ったことではなく、夏という季節そのものが創作意欲を湧かせるエネルギーを持っているのかも。だって、歳時記は夏の巻が一番分厚いんですもの。夏になると滾々と水が湧くように草田男には句が生まれたのでしょう。何とも羨ましい限りです。こちらは夏になる前にもう詩嚢は空っぽ、いつも青息吐息だというのに……。イヤイヤ、名人と比べてはいけませんね。最初から空っぽだったのかも(笑)。

ところで、「毒消し」ご存じですか? 子供の頃「毒消しゃいらんかねぇ～」という歌を聞いたような……。夏になると、食中毒や暑気あたりなどの薬を越後地方から売りに来ていたという「毒消し売」。これも夏の季語になっていて、富山の薬売りとは違い、歳時記の説明では「紺絣の筒袖に紺の手甲脚絆、黒木綿の大風呂敷を背負った二人連れの娘の行商」だったそうな。

そうなると、この「毒消し」の句は「夏来る」との季重ねになりますね。しかし、ここは「夏来る」がメインの季語で「毒消し」は副。それにこの薬は当時常備薬のようなもので、お腹の調子が悪い時にはすぐに飲んでいたとすれば、季語としての力が弱くなりますから。

また、季重ねを避けるとすれば季語にならない薬でもよかったのでしょうが、やはりここはこの毒消しという語が面白いのですよ。いわゆる体の中に溜まった毒（精神的に悪いもの、今で言えばストレス?・）を消し去って、「さあ！　思いっきり俳句を詠むぞぉ～」と、気合いを入れている感じが「夏来る」によく出ていると思いませんか。これが「夏に入る」や「今朝の夏」ではダメでしょう。

口に出して読み比べてみて下さい。「ナツキタル」というこの音の張りが効いているのです。

2017年05月05日

【夏】

言わぬが花(1)

季語：夏兆す

今回の兼題は「夏兆す」でした。

夏真っ盛りという時期にはまだまだ遠いが、木々や生きもの、また人間の生活のあれこれにも夏らしい趣が増してきたと感じられる頃をいう季語で、夏の時候の季語「夏めく」の傍題です。

うどん食ひおでこうつすら夏兆す

原句は〈かけうどんうつすらおでこに夏兆す〉でした。やはり「かけうどん」から始まるこういう句にはまだ出会っていませんでしたので、エエッ！　と驚いた句でした。その面白さに皆も惹かれたのでしょう、結構な高点句になりました。

「うどんがおでこに付いたのかしら？・」（笑）

【夏】


「それは無いでしょう、食べて汗かいたんでは？」などなど……。

確かにこのままでは中七の字余りも気になりますし、まるでおでこにうどんが付いたという感じも否めませんので損をしますね。作者は「かけうどん」とわざわざ言ったのは、熱いうどんを食べて暑かったので、ああ～もう夏だなあ！と感じたのを詠んだのでしょうが。

言葉の配列や助詞の使い方でも感じが変わります。すなわち「かけうどん」で切って考えると、「おでこに夏兆す」とつながってしまいますし、「おでこに」で切ると先に述べたようなイメージが生まれるのです。

だからここは「かけうどん」まで言わなくても、その二音を「食ひ」にまわすと、季語の「夏兆す」があるので、読者は汗ばんだおでこを想像してくれるでしょう。昔先生からよく言われましたよ、「季語を信用しなさい」と。

さらに順序を入れ替えて、「おでこうつすら」と切ると、字余りも解消されますし、おでこがうっすら……となって汗のことも言わずに見えてくるでしょう。「冷しうどん」とか「汗」とかは夏の季語ですので、もし使ったりすると季重ねになってしまいますから注意して下さいね。

「言わずに見せる・言わずに語る」、そういう俳句を詠みたいものです。俳句ではまさに〝言わぬが花〟なんですよ。

2017年05月23日

ことばの力

季語：葉桜

五月十四日はMの定例俳句教室。兼題は「葉桜」で初夏の季語。葉桜といえばすぐに篠原梵の〈葉桜の中の無数の空さわぐ〉が思い出されます。

その時に出た句で、高点句ではありませんでしたが〈葉桜や地下足袋脱ぎて休む人〉というのがありました。よく分かる句ですね。作者も「道路の草刈などの作業をしていた人が葉桜の下で休憩をしようと、地下足袋を脱いでいたので」と。一応型どおりの詠み方で季語もほどほどに効いて、まあまあの句だと思いました。特にこの句のいいところは、「地下足袋」に目を付けたところ。葉桜の下で休んでいるというだけならどんな人かは分かりませんね。でも、この語によってそれが作業員などの肉体労働者であることが見えてきます。

しかし、惜しい！　折角「地下足袋」を使ったんならもう「人」は言わなくていいでしょう。かえってくどくなりますもの。そこで、単純に「休みをり」にしたらどうかと言うと、「それだったらまるで自分のようになるので、考えた末なんですよ」と作者。どうでしょう？　みなさんもそう思いますか？　「もし自分が地下足袋を脱いで休んでいるとするなら『休みたる』とか『休みける』とすれば作者になります」と答えると、うう〜ん！　と。

ちょっとした動詞や助詞などの使い方で主体は変わります。俳句にとって句の〝主体〟は概ね作者と決まっています。だって俳句は一人称の文芸と言われていますからね。しかし、そこに描かれる場面は自分の姿や思いだけとは限りません。〝見たもの・感じたもの〟などを描写するとき、いちいち「私は（自分は）」とは言いません。しかし、そこは作者の目を、耳を通して実感したものなんですから、常に作者が存在するのです。「他人」が見たり聞いたりした感動を伝えるものではないということ。

句を詠むときは余り考えすぎないようにしましょう！　要するに、もう少し〝ことばの力〟を信じることです。もちろんそのためには、本当の〝ことばの意味〟に習熟することが必要でしょうが……。

２０１９年05月16日

なぜ「更衣」と書くの?

季語：更衣

昨日は午後と夜のダブル句会の日でした。午後の部の兼題は「更衣《ころもがえ》」。陰暦四月一日をもって衣服や室内調度などを夏のものにあらためることで、初夏の季語です。現在でも制服のある学生や職員たちが夏服に替わっている姿を見ると、この季語を実感しますね。でも、昔のように何日からと厳しくは決めずに、その時の気候の状況に合わせて柔軟に考え、概ね六月前後に行われているようです。ちなみに、十月頃に行う夏服から冬服に替わる「更衣」は、「後の更衣」とか「秋の更衣」といいますので、注意しましょう。

ところで、俳句をしない人にこの季語を言うと、殆ど「衣替え」と書きます。それで「更衣」が本来の字ですよと教えますと、みんな不思議な顔をします。これは、もともとは宮中行事で「更衣《こうい》」というのが始まりで、帝の側にあって身辺の世話をした女御・更衣という後宮女官の役職からの言葉でした。この貴族社会の約束事が一般にも広まったものですので、俳句ではもともとの字を使って季語としています。

一つぬいで後《うしろ》に負ぬ衣がへ　芭蕉

芭蕉の『笈《おい》の小文《こぶみ》』の中の一句です。『笈の小文』とは、一六八七年十月に江戸をたち、鳴海（名古屋市緑区）、保美（愛知県田原市）を経て郷里伊賀上野（三重県伊賀市）で越年、二月には伊勢参宮、三月には坪井杜国との二人旅で吉野の花見をし、高野山、和歌浦を経て四月八日に奈良に到着。さらに大坂から須磨、明石まで漂泊した際の紀行文です。

この句は吉野の花見をした後、高野山から和歌浦へ向かうときに詠まれた句のようです。ちょうど陰暦四月朔日の更衣の時期、歩いていると道すがら出会う人々はみな身軽な服装をしていることだ、自分は漂泊の身で衣を更えようにも何も持ち合わせていない、せめて一枚脱いで後ろに背負い身軽になって、これで更衣をしたことにしようか……とこんな句意でしょう。

その時一緒に旅をしていた万菊丸（杜国のこと）が次のように詠んでいます。

【夏】

吉野出て布子《ぬのこ》賣《うり》たし衣がへ

「布子」とは綿入れのことで、冬の季語になっていますが、メイン季語は「衣がへ」。ここでは、更衣の時期なので、もう冬物の布子は暑くて着ていられないし、脱いでも荷物になることだから、なんならここで売ってしまいたいものだよ……と。

芭蕉と万菊丸（坪井杜国）、まるで掛合いのようなこの二句をみると、いかにも楽しい旅をしている二人の姿が目に浮かんできませんか。ちなみに、芭蕉はこの時四十五歳。万菊丸は？……年齢ははっきりと分かりませんでしたが、とても美しい青年であったという話ですよ。

2019年06月09日

茅花流しって何？

季語：茅花流し

今まで気がつかなかったのですが、いつもリハビリに通う病院への途中に茅花の穂が風に靡いてとても美しいところがあったんです。

「茅花《つばな》」というのは春の季語で、イネ科の多年草、茅萱《ちがや》の花穂のこと。三〜四月頃、野原や路傍に銀白色の柔らかい穂が揺れているのをよく見かけます。

その若い穂を抜いて嚙むと甘いんですよ。主人といるとすぐにその話になりますが、みなさんも子供の頃一度ぐらいは嚙んでみたことがありませんか。昔はおやつといっても何もありませんでしたから、子どもたちは野に出ると、茅花やすかんぽなど、食べられるものなら何でも口にしていましたよね。

次の虚子の句もその子供の頃の想い出でしょう。「もうすぐ夕飯だから……」と呼んでいる母の姿、夕日に照らされてキラキラと光っている茅花の穂、この子はもしかしたらお母さんにあげようかと思って摘んでいるのかも。かつて田舎ならどこででもみられた日本の原風景でしょうか。

母いでて我よぶ見ゆる茅花つむ　　高浜虚子

茅花の穂がやがてほうけて白い絮となり、それが一斉に風に吹かれて靡く光景はとても美しいです。その頃に吹く南風のことを「茅花流し」といって、これは初夏の季語になっています。そもそも「流し」というのは、梅雨の頃に吹く湿った南風のことですので、この「茅花流し」も梅雨の先触れといわれているのです。これと同じようなものに、筍の生える頃に吹き始める南風の「筍流し」という季語もあります。

茅花流し水満々と吉野川　　松崎鉄之介
遅れゆくひとりに茅花ながしかな　　片山由美子

前句の「吉野川」は〃四国二郎〃と呼ばれる日本三大河の一つの吉野川でしょうか。それとも奈良県の〃紀ノ川〃のことかも。どちらにしろその川の水が「満々と」ですから、景が大きいですね。その川辺一帯の茅花の穂が風に吹かれて靡くさまはさぞや美しいことでしょう。

後句は「遅れゆくひとり」が絶妙です。どこへ行くのでしょうか。もしかしたら句会か何かへ遅れてゆくというのかしら。その申し訳なさ、それもひとりだけ……なんとも気が重いことでしょう。その気持ちに「茅花流し」のちょっと湿り気のある風が余計に気重にさせるというわけ。

両句ともにそれぞれの景色がしっかりと見えてくるとても良い句ですね。私もこういう句を詠まなくっちゃ。さあ、ガンバロウ！

2020年05月20日

薔《ば》薇《ら》と茨《いばら》は？

季語：薔薇

今日も暑い一日となりました。午後からは俳画教室。

今回の俳画の題は「薔薇《ばら》」でした。これは初夏の季語ですが、この薔薇を俳句に詠むとき、初心者は殆どといっていいほど「バラ」と書きますね。俳句では……いや、我が結社だけかも知れませんが、片仮名を使うのは外来語のみなんですよ。「ばら」は外来語ではないから、きちんと漢字で書くか平仮名を用いるべきだと最初に教えられました。

確かに近ごろはカタカナ語や俗語が氾濫していますから、つい初心者は使ってしまうのですが、それらを俳句に用いるのはとても嫌われます。もちろん例外的なものはあるでしょうが、現状で使いこなすのはなかなか難しいものがあって、それでも使うというのは勇気のいることなんです。しかし、学術的な動植物の表記は片仮名を使うのが慣例になっていますから、俳句でもいいと思うんでしょうね。

そうそう、以前新聞の原稿を頼まれましたとき、漢字で書いた季語などは全部訂正が入りました。私たち俳句をしている者は、癖になっていてつい漢字を使ってしまうので、今思えば、きっとこのブログでも読み方に困られたのでは……と思いますがどうですか？　もしそうでしたら本当にゴメンナサイ！

ここでは俳句の話ですので、やはり「薔薇」、または「そうび」「しょうび」でもいいです。英語なら「ローズ」ですからね。普通、薔薇といえば豊麗で香り高い西洋薔薇を指しますが、江戸時代の園芸書に「ろうざ（rosa）」の名が出ていますので、当時すでに渡来していたもののようです。『古今和歌集』『源氏物語』には「さうび」と出ていて、それは中国伝来の庚申薔薇なんですって。知らなかった！

薔薇の坂にきくは浦上の鐘ならずや　水原秋櫻子
わが病わが診て重し梅雨の薔薇　相馬遷子

ところで、この「ばら」という言葉は「いばら」「うばら」「むばら」から転訛したもので、もともとは刺のある草木の総称でしたが、それに「薔薇」の漢字を当てたんだそうです。古来、日本全土の山野に生えるバラ科の白い小花は、「茨《いばら》」とか「野薔薇」とかいって西洋薔薇とは区別しています。これも初夏の季語なんですよ。

花いばら古郷の路に似たるかな　　蕪村
花　い　ば　ら　ど　こ　の　巷　も　夕　茜　　石橋秀野

2019年05月23日

走り梅雨はいつ？

季語：走り梅雨

今日も暑かったですね。あちらこちらで真夏日を通りこして〝猛暑日〟とか。でも、明日は句会で、兼題は「走り梅雨」。主人と二人で、こんな天候じゃ実感が湧かない季語よねと、ぼやきながら作句しています。

歳時記では「五月の下旬から末頃にかけて、梅雨めいた天候になることがあり、その頃の称」と。そもそも〝走り〟というのは「季節に先がけて出る野菜や果物、魚鳥など。はつもの」という意味から「同種のものの中で、最初となるもの」。それで、ある意味人々に待たれている喜ばしいものに使うんですが、「梅雨」はそんなに歓迎されるものではないのに、なぜなんでしょう。やっぱり農耕民族にとっては梅雨の時期がないと困るからかしら？

書架の書の一つ逆しまはしり梅雨　林　翔

「馬酔木」同人・林翔先生の句です。先生は「沖」の元主宰であった能村登四郎氏と同じ千葉県市川市の高校の国語教師として長く教職にあった方で、私も「馬酔木」に入会してご指導を受けた先生でした。

今私が受け継いで選評などを書いています月刊俳誌「馬酔木」の「あしかび抄」は、林先生が若手育成のために始められたコーナーなんです。その後選者が替わって、私で五代目かしら（?）……いつもその責任の重さにフーフー喘いでいますが、実は今もそれを書いているんです。

さて前掲の句、勤勉な先生でしたから、きっと蔵書もたくさんあったことでしょう。見るとその中の一冊が逆しまになっている……う～ん、これはいけんとすぐに直される、そんな先生の姿が浮かびます。何事も不実が嫌い、人の道に反することが嫌い、そんな実直な人柄でしたから、一冊でも逆しまなものがあると気に入らなかったのでは？　今はまだ走り梅雨なんだからいいが、でも〝だらけていてはいけんぞ！〟と、これから迎える本格的な梅雨に対する気構えのようなものを感じませんか？

もし違っていたら、先生ゴメンナサイ！

2019年05月26日

実感のない季語は難しい!

季語：梅雨晴／梅雨明

七月十日土曜日、毎月ある午後と夜の部のダブル句会での話。兼題は午後の部が「梅雨晴」、夜の部が「梅雨明」でした。どちらも今の時期のもので実感があるはずでしょうが、やはり現在梅雨真っ只中ですので「梅雨明」の兼題の方が難しかったようです。

今の大雨の様子やちょっと止んだときの晴間などはすぐに想像して、その体験を句に詠めるものの、梅雨が明けた時の実感は去年のことになりますので、なかなか想像できないのだと。たとえ想像できたとしても、頭で考えることなので通り一遍の平凡なことしか浮かばなかったようです。

ではちょっと出た句を見てみましょうか。

「梅雨明」に対して、〝鳥の声が高くなる〟〝日差に蒸す〟〝押入れの掃除〟〝土塀に残るしとり〟〝快晴の空〟など……。「梅雨晴」には、〝洗濯〟〝掃除〟〝庭手入れ〟などと、そこに因果関係が見え隠れしたり、また当り前のことばかりでした。それで一応の句は詠めますが、それではみなよく言われる〝ただごと俳句〟というものになってしまうのです。

そこを乗り越えていくのは非常に難しいことですが、それに挑戦しなくては俳句の伸びは止まってしまうでしょう。特に取り合わせの句を詠むときはそれなりの意外性がほしい。そこに何か〝驚き〟や〝発見〟があると、その句は生き生きと輝きます。かといって、余りにも飛躍しすぎるとさっぱり分からないということに。要するに〝ほどほど〟ということが大切ですね。

それでは、面白い句がありましたので、その句、〈梅雨明けや夫禁煙の三月経ち〉について……。

梅雨明けと夫の禁煙はある意味関係がないですよね。まあ今の時勢から考えると、禁煙を始めたのは新型コロナウイルスの影響……特に志村けんさんの逝去があったからかも。しかし、禁煙はいつでも始められますからそれは考えずともいいでしょう。梅雨は大体一ヶ月で明ける。それなのに夫の禁煙はもう三月《みつき》も続いて……、という妻の驚きというか感心したというか……その気持ちが窺えて、その後の様子を期待しますよね。これがずっと続いてほしい、この梅雨明けの空のように……と。

いかがですか？　夫婦生活のある一齣を切り取って、季語の「梅雨明」がほどよく効いているでしょう。

ただ、私はこの句にはちょっと不満！　どこか分かりますか？　最後の「経ち」です。ここでこの句の魅力は半減。これを言ったばかりに、残念ながらこの句は散文的になり説明くさくなってしまったのです。そこで、次のように〈梅雨明や夫禁煙の三ヶ月〉と添削しました。この違い分かりますか？　分かる人は大したもの。〝才能あり〟ですから、俳句を始めましょう（笑）。

ところで、〝夫〟は「つま」と読みます。最初にこれを覚えた初心者の方で、夫でも妻でも俳句ではそう書くものと思い込んで、この日も〈梅雨晴や車庫掃き洗車夫を呼び〉という句を出されていました。そこで作者に、

「車庫を掃いたのは誰？」

「はい、僕」

「じゃあ洗車は？」

「もちろん僕」

「そう。ならば夫《つま》を呼んだのは誰？」

「そりゃあ当然僕ですよ！」

……と、もう大笑いでした。梅雨のじめじめした教室がパアッと明るくなり、確かに「梅雨晴間」ですね。この句は最高齢八十六歳の人の作、〃男は黙って……〃どころか喋りすぎなんですが、でもみなさん大真面目ですから、楽しかったです。

久し振りの梅雨晴なので、キレイに洗車してどこかへということで、妻を呼んだということでしたので、〈梅雨晴や洗車終りて妻を呼び〉と直しました。……ごちそうさま！

2020年07月13日

俳句の余白

季語：夏薊

俳句は五七五ですので、何もかも言おうとしてもとても言いきれません。狭すぎるのです。だから句の行間の空白に托して〝言わずに語る〟ことが大切。それができれば、俳句の描く世界をぐっと広くすることができるのです。そのためにはいかに不必要な言葉を省くか……即ちことばの無駄遣いをなくすということが大切なんです。そうすれば省略したところに空白が生まれて、そこに違った状景を加えることも、また、背景を広げることもできるんですよ。

先日の句会の兼題「夏薊」の句で、〈信じたる人の裏切り夏薊〉というのがありました。私はいいと思ったのに……ナンと一点も入らなかったんです。う～ん、なぜなんでしょうか。不思議！　初心者の句とすれば、ほどほどに季語も効いているし、作者の気持ちもよく分かりますもの。だとすると、その分かりすぎるというところにこの句の欠点があるのかしら。

この句の場合は、上五・中七の中で〈裏切り〉という語が季語に対する重要な斡旋になっています。とすると、この言葉はそもそも〝約束や信義に反する行為〟をいうのですから、また、裏切るのは人（人の関わっている会社なども）に決まっていますから、「信じたる人の」を省いたとしても十分に意を伝えることができますよね。しかし、そうすると八音も余白ができてしまい、かえってそれを埋めるのに初心者は四苦八苦することになるようです。

俳句は短いから言いたいことが十分言い切れないと嘆いていた人が、「この言葉は不要だから削って、他の言葉で補って描写しましょう」というと、今度はこの余白を持てあまして二進も三進もいかなくなり……最後にはギブアップしてしまうことも。

というわけで、結局は言わずもがなのありきたりの言葉で埋めてしまうんですね。

このように分かりきった言葉で埋めればすぐに五七五になりますし、一応俳句らしくもなります。でも、最初はそれでいいんです。そこから始めて徐々に省略を効かせることを学んでいけばいいと思います。もし最初から省略の効いた奥行きの深い句が詠めたとしたら、あなたは天才かもしれませんよ！

ではみなさん、この句を「裏切り」と「夏薊」の取り合わせで、残りを補って一句に完成させてみましょう。さて、どんな句ができるかしら。楽しみですね。さあ、ガンバッテ！

2019年07月04日

麦こがしって何？

季語：麦こがし

先日の通信句会で、「麦こがし」という季語を用いた句が出たのですが、娘はどんなものか知らないし、食べたこともないから採りようがないと言っていました。

その通りでしょう。私が子供の頃に食べていたもので、娘が子供の頃は売ってもいませんでしたし、だから食べさせることもなかったのです。探せばあったのかも知れませんが、そんな暇もなくて……。

他にも「茅花《つばな》」や「酸模《すかんぽ》」を知らないと言いましたので、吟行へ行ったときに一緒に食べながら教えました。俳句をされる方々とは、木苺や草苺、冬苺など……ああ、通草も、何でも見つけたらみんなで味わって一句詠んでいます。秋の山へ行ったときは、どれが椎の実かと食べてみたり、本当に楽しいものです。

自然はこんなにも豊かで、その恵みを惜しみなく私たちに与えてくれています。食べるもよし、見るもよし、音を聞くのもよしと、そういう自然の恵みの中で私たちは生きていて、その素晴らしさ、愉しさを享受しているのです。なんと有り難いこと！
ところで麦こがしのことですが、私も俳句を始めてから知りました。何だろうと思って調べてみると……なあんだ、〝はったいこ〟のことなの！　と。子供の頃によく食べていました。噎せて口からプハッと吹きだして服を汚してしまっては、よく叱られたものです。でもあの香ばしさと甘さ……アッ、これは砂糖が入っているからなんですが、あの頃はたまにしか食べさせてもらえなかったものですから、忘れられないのです。

　麦こがしは大麦を炒ってこがし、臼で碾いて粉にしたもので、夏の季語。関西では「はったい」と呼んでいたらしいので、それに「粉《こ》」をつけて私たちは言っていたのでしょう。「はったいこ」の語源となったのは「叩《はた》く」という語。これが穀物を搗き砕いて粉にすることを表す語ですので、それに「粉」をつけて「はたきの粉」ということだからと。それを関東以北では「麦こがし」や「炒り粉」「香煎《こうせん》」とか呼んでいたそうです。

　あの石田波郷のお母さんも石臼を碾いて、はったい粉を作っておられたのでしょうね。次の句はそれを思い出して詠んだのでは……。

亡き母の石臼の音麦こがし　石田波郷

しかし、たとえこの麦こがしの意味が分かったとしても、娘にはこういう想い出がないのですから、ある意味可哀想ですよね。他にも同じようなことがたくさんあります。そう考えれば、昔の物の乏しかった時代の方が却って今の飽食の時代よりも、心は豊かだったような気がしてくるのです。

ああ、これも年寄りの戯言でしょうか。でも、麦こがしが食べたあ〜い！

2020年05月23日

俳句では「蟬」よ！

季語：蟬

福岡・大分の集中豪雨が去ったかと思うと、一転して今度は真夏日……毎日毎日暑いことですね。でも、蟬にとっては願っても無い暑さなのでしょう。毎日飽きずに朝早くから鳴いています。

俳句でのセミは「蟬」と書きます。俳句をされない方は殆ど「蝉」と書くでしょうね。私も俳句を始めてこの字を書くようになりましたし、人にも教えるようになりました。以前ワープロを使っていた時「蝉」という字しか無かったので、そこだけ手書きをしていたのも懐かしい。「鷗」という字も同じで、「鴎」ではいけないと……。

そもそものセミの字は「蟬」で、「蝉」は俗字。だから間違いというのではないのですが、俳句は韻文であり、文語を使うのが原則（これは我が結社での話で、他結社ではいろいろあると思いますが……）だと考えれば、正字を使うというのが当り前ということなのでしょう。「單」は、はじき弓の象形で、羽をふるわせて鳴くという意味。それに虫偏がついて〝セミ〟ということなんです。

今日の兼題は「蟬」、もちろん夏の季語です。でも、「蜩《ひぐらし》」や「法師蟬」は秋の季語になります。昨今の地球温暖化で何事につけ早まっていますので、結構早くから鳴いていますが、だとしても、やはりあの蜩や法師蟬の声には、夏から秋への移ろいと一種の清涼感が感じられますから、初秋が似合うでしょう。

蟬聞きて夫婦いさかひ恥づるかな

誰の句と思いますか？　なんと井原西鶴なんです。私は西鶴については、『好色一代男』や『日本永代蔵』『世間胸算用』などの浮世草子の作者というイメージしか持っていなかったので、ちょっとびっくりしました。でも、知らなかったのは私だけかも……恥ずかしい！

百科事典で調べると、まず〝俳人〟とありました。十五〜十六歳ころから貞門俳諧に入り、のちに談林派に転向。矢数俳諧に活躍し、一六八四年住吉社頭で一昼夜二万三五〇〇句を独吟。二万翁、二万堂と自称した。俳諧集なども刊行し、一六八二年に

『好色一代男』をもって浮世草子を創始したと。

面白いことに、西鶴は一六四二年～一六九三年、芭蕉は一六四四年～一六九四年と、殆ど同時期に生きていたということ。そして貞門派から談林派へというのも同じなら、もしかしたらどこかで接点があったのでは……と調べてみるのもオモシロイかも。もし知っていらっしゃる方がおられれば教えてください！

最後に「空蟬」の句。これも夏の季語です。要するに〝蟬の抜殻〟のこと。

梢よりあだに落ちけり蟬のから　芭蕉
岩に爪たてて空蟬泥まみれ　西東三鬼

２０１７年07月21日

【夏】

龍之介と「大暑」

季語：大暑

今日は二十四節気の一つ「大暑」です。「小暑」の後、暑中に入り、その十五日目が大暑、暑さが最も厳しい盛夏の時節となります。

次の句は、私が使っている歳時記の最初に載っている句です。

兎も片耳垂るる大暑かな　　芥川龍之介

ウン？　この句どう読めばいいのかしら……ちょっと迷って「兎」に他の読み方がないか調べてみました。

以前まだ私が駆け出しの頃の話。選句で採らなかった理由を聞かれ、「この句は字余りだから採りませんでした」と言って恥を掻いたことがありましたから、おかしいと思ったときはまず自分を疑うようになりました。この句も同じです。龍之介ともあろうお方が……と。でも、この句の読みは「うさぎもかたみみたるるたいしょかな」でいいんです。要するに、上五が四音で字足らずの句なんです。

この句、調べてみますと、初案は〈小兎も片耳垂るる大暑かな〉だったのが、たとえ字足らずでも「小」なんて言葉は取るべきだと友人から強く主張され、龍之介もしぶしぶ折れて掲句のようになったらしい。でもやはり彼の言語感覚からすると、どうしても落ち着かなかったのでしょう。後に前書として「破調」と入れたそうです。

芥川龍之介仏大暑かな　　久保田万太郎

この句は「あくたがわりゅうのすけぶつたいしょかな」と読みます。龍之介は昭和二年（一九二七）の三十五歳の時、七月二十四日の未明に服毒自殺をしました。大体毎年七月二十三日頃が大暑ですから、この暑さの中で親交のあった龍之介が仏になったことを悼んで詠んだ弔句なんです。

水洟や鼻の先だけ暮れ残る　　芥川龍之介

また、自殺直前に書いた色紙のこの句が龍之介の辞世の句となっています。短編小説『鼻』を夏目漱石に激賞されて作家への道が開けたことを思えば、何か因縁的なものを感じますね。龍之介は生涯漱石を尊崇していたそうですから。

でも、この句の「水洟」は冬の季語なんですよ。どう考えても真夏に冬の句を詠むのはおかしいでしょう。龍之介は二年ほど前から自殺を考えていたそうですから、もしかしたらこの句も前に作っておいて死ぬときに取り出して残そうと思ったのではないでしょうか?

ちなみに、忌日は俳号が我鬼なので「我鬼忌」とか、晩年の作品『河童』から「河童忌」とも言っています。

2017年07月23日

季語の本意

季語：日除

東京では三十五度を超すという真夏日のようでした。こちらでも最高気温は三十一度。気温の割に凌ぎやすかったのは、風があったからでしょうか。

昨日の午後は俳句教室でした。兼題は「日除《ひよけ》」。これは、夏の日盛りの直射日光を避けるための布や簀《す》、ビニール製などの覆い、また、それを店頭や窓などに掛け渡すことです。「日覆」ともいって、「ひおい」や「ひおおい」と読みます。

月空に在りて日覆《ひおい》を外しけり　高浜虚子

三日月にたたむ日除のほてりかな　渡辺水巴

どちらの句も、日が沈んだ後の空に早々と月が出ているときの景ですが、虚子の句は、もしかしたらかなり夜が更けてから日覆を外したのかも知れませんね。水巴のは「日除のほてり」とありますから結構早い時間だったのでしょう。昔の人は物を大切にしました。だから日が照って暑くなると日除を出し、太陽が沈めば仕舞うというような暮し。きっと今どきの人だったら、毎日出し入れするのが面倒だからといって、夏の間そのまま出しっ放しにしておくかも知れませんが……（笑）。

今であればカフェテラスなどの洒落た布の日除とか、商店街の上に掛けたカーテンのようなサンシェードもありますが、ここは「外す」とか「たたむ」とありますから、自分の家の西日の入る窓などに立て掛けた葦簀《よしず》のような日除が目に浮かびます。きっと戦前の平穏な生活をしていた頃の句ではないでしょうか。

ところで、この日の句会に出たものに、季語の本意を取り違えている句がいくつかありました。例えば、〈蔓《つる》茂り日除となりし店子前〉とか〈神木の影で日除の神事かな〉など。これらの句にはどちらにも実際の日除はないのです。前句は蔓が茂ってそれが日除の代わりになっている、後句も木の影を日除代わりに……というように。要するに、日陰が出来たということがこの季語の意味だと勘違いしてしまったのです。ちなみに前句は「茂り」が季語になりますが、後句は実際に天幕などを張って神事をしているのでないのなら、季語性はあるが季語はないということになります。そこで

【夏】


作者に聞いてみますと、やはり木陰で神事をしていたのだと……。

こういうことは、初心者にはよくあることなんですよ。また、面白いことに自分がそう思っていますので、選句にもそれと同じような内容の句を選ぶんですね。おかしいと思っていませんので。

もし夏の暑い日差しを遮るものを何でも「日除」だと思うのなら、「日傘」も「夏帽子」もみんな「日除」でしょうか。じゃあ、ハンカチやタオルを被っても同じなの？　と聞くと、やっと解ったようでした。

この「日除」という季語は、日差しを避けるという行為ではなくて、そうするための〝物〟なんです。そして、それが私たちの生活に必要なものとして昔から存在していますので、〝生活〟に類別された季語となっているのです。これでご理解していただけましたか。

俳句を作るときは、常に〝季語の本意〟を考えて詠んでほしいものです。

2020年08月05日

秋

残暑ならぬ溽暑《じょくしょ》だよ！

季語：残暑

今日のこちらの天気予報は、午前中曇り午後から雨となっていました。確かにどんよりして……それで最高気温は三十二度。ということは、カラッとしていないということなんです。だから蒸し暑い！

このような蒸し暑さを俳句では「溽暑」といいます。

今はもう立秋が過ぎましたので、俳句に詠むのは「残暑」というべきなのですが、この季語はやはりどこか一歩引いた感じがあります。それは「残」という語がもたらすイメージなんです。「残」という語には〝今にも消えそうな、残りかす〟という意味もありますので、残りものの暑さということになるのです。何にしても残りものといわれるとイマイチでしょう。

しかし、今年のこの暑さは〝残りもの〟ではなくて、いうならば初めての本格的な

〝暑さ〟なんです。だから、今の実感を大切にして句を詠もうと思えば、夏の季語でないと言い表すのはちょっと無理でしょう。それはそれでいいと思いますよ。何が何でも残暑を使わないとダメだとはいいませんからね。

ところで、「残暑」の場合は「残る暑さ」や「秋暑し」というしかないのですが、夏の暑さの季語にはいろいろな言い方があるんです。

もちろん「暑し」だけでも季語になりますが、先ほどの「溽暑」の他にも「大暑《たいしょ》」「極暑《ごくしょ》」「酷暑《こくしょ》」「猛暑《もうしょ》」「炎暑《えんしょ》」などがあります。同じ暑さであってもそれぞれの漢字によって、少しずつニュアンスが違いますので、それらを読み比べて鑑賞してみましょう。

点け放つ鶏舎の灯溽暑なり　飯島晴子
念力のゆるめば死ぬる大暑かな　村上鬼城
極暑の夜父と隔たる広《ひろ》襖《ふすま》　飯田龍太
静脈の浮き上り来る酷暑かな　横光利一
三猿を決めて猛暑を籠りをり　富田昌宏

【秋】

馬を見よ炎暑の馬の影を見よ　　柿本多映

俳句というものは、根本的には人間の五感と感情から生み出されるものですから、やはり実感が大切。しかし、単なる〝絵はがき俳句〟や〝ただごと俳句〟にならないように気をつけねばなりませんから、そこが難しいのです。でも、それだからやりがいがあるとも言えるのではないでしょうか。ガンバリまっしょ！

2020年08月12日

広島カープのリーグ優勝！

季語：ナイター

今日は何てったって〝広島カープ〟のリーグ優勝でしょう。先日からのマジック1でもたもたし、挙げ句の果てには台風一八号で引き延ばされ……。先月から入院していた母も、カープの優勝が家で見たいと、先生に頼んで先週の金曜日に退院させて貰ったというのにですよ。だから、今日の空は言うなれば台風一過の青空なんですが、それ以上に晴れやかです。よかった、よかった！

ところで、水原秋櫻子先生は野球が大好きでしたね。ちなみに、今の徳田千鶴子主宰は広島カープの大ファンなんですよ。

ナイターやツキのはじめのはたた神　（昭和三十七年作）

秋櫻子先生の句です。「ナイターは和製英語であって、ナイトゲームが正しい」「ナイターは野球に限ったものではない」など、戦後、職業野球の隆盛と共にナイターが俳句の季語として登場したとき様々の批判が聞かれたそうです。

今では夏の季語として定着していますが、その功績は偏に秋櫻子に帰すると言われています。確かに東大野球部の名捕手として鳴らしたという秋櫻子先生には、俳諧味豊かな作品がたくさんありますもの。

ナイターの負癖月も出渋るか　（昭和三十四年作）

ナイターのやぶれかぶれや稲びかり　（昭和三十九年作）

ちなみに例句の「ナイター」は、最初のは夏ですが、後の二句は秋の句です。メインの季語に「月」「稲びかり」がありますからね。

2017年09月18日

口語と文語

季語：西瓜

年々ハウス栽培が盛んになり、野菜や果物が早くから市場に出回ります。そのために本来の野菜や果物の季節感が失われつつあります。その一つの「西瓜」が今日の兼題で、夏のように思われていますが、もともとは秋の季語です。

今回の句会での最高点句は〈三代の似た顔寄せて西瓜食ふ〉でした。私も一応採りましたが、問題ありの句です。基本的に俳句は文語で詠むもの。だから歴史的仮名遣いで、文法も文語文法でと私は指導しています。しかし、これはそれぞれの結社によって違いますので絶対ということではありませんが、せめて口語と文語のチャンポンだけはしないでほしいと思っています。

前掲の句で言えば、「食ふ」と歴史的仮名遣いを用いながら「似た」という口語を用いているところ。我が「馬酔木」では俳句は文語でというのが前提ですので、ここは「似た」を「似し」と直しました。更に、今一つ気になるのは「寄せて」です。西瓜を食べるのに無理に顔を寄せなくても……と思うんです。そこにわざとらしさ、それを作為といいますが、作者のそれを感じて不自然な気がするんです。

そこで最終的には、〈三代の顔のよく似て西瓜食ふ〉としました。三人の……おそらく親、子、孫でしょうが、その顔がよく似ていたこと、そして縁側かなんかで同じような格好をして西瓜に齧り付いているというような様子を想像すれば、ひと昔前のほのぼのとした家庭の団らんが見えて滑稽味も生まれてくると思いませんか？　それをちょっとしたことで作者が出しゃばってしまうと、雰囲気を壊してしまうのです。すなわち「寄せて」というところ……。

作者としてはよかれとしたことが、裏目に出るということはよくあります。だから、常に鑑賞者の目になって推敲するということが大切だということですね。

２０１８年08月27日

類想ということ

季語：盆

先日母の形見分けをしたとき、遺品を整理していて懐かしい写真がたくさん出てきました。父母の若かりし頃のもの、私たち兄妹の子供の頃のものなど……あの頃にしては結構いろいろなところへ連れて行って貰っていたんだなあ～なんて。でも殆ど行楽地というのでなく、山や野原などの自然があるところに弁当持参で……という様子でした。写真を見ていたら、もっともっとその頃の話を母に聞いておきたかったなあと思っても、もう後の祭りですね。

その中に昔別府にいた頃に飼っていた〝ジョン〟という犬の写真がありました。兄や私、すぐ下の弟まではよく覚えていて懐かしがっていましたが、一番下の弟が「オレ知らん」というので、「そりゃ当り前でしょう！　あなたはまだ生まれたばかりだったんだから……」なんて話が弾みました。母がいたらきっと喜んで話題の中心になったでしょうに……。

金曜日の兼題は「盆」で、初秋の季語です。

その時の句に、〈初盆や夫の声して振り返り〉がありました。季語の「初盆」とは、その人が死んでから初めて迎える盂蘭盆会《うらぼんえ》のこと。「新盆《にいぼん》」とも言います。この句、何の解説もいらないですよね。とても素直に詠まれているので、作者の気持ちがスウッと心に入ってきます。ただそれは、作者のご主人が亡くなられたと云うことを知っているから。

しかし、それを知らない人が読んだとしてもそう感じるでしょうか。確かに「初盆」だから夫はいないのでは？　と思う人が多いかも知れませんが、もし誰かの初盆に行って、そこで元気な夫から呼ばれたと考えても間違いではないでしょう。要するに「〜して」という把握が甘いためにそうなるのです。

俳句はその甘さが必要なときもありますが、読者にしっかりと伝えるためには邪魔なときもありますので、よくよく考えて詠むべきでしょう。そこでこの句は次のようにしました。

初盆や夫の声かと振り返り

こうすれば、この「〜かと」という疑問を現実か非現実かと考えてみれば、説明しなくとも容易に読者に分かってもらえると思います。

ただ、このような句にはどうしても類想という問題が付いてきますね。私の場合だったら〈初盆や母の声かと振り返り〉という具合になるんです。そこを打破しようとするのは、そうそう簡単には出来ません。

でも、こういう類想の句が出来たとしても、これが詠めるのは一回だけですし、作者にとっては亡き人への思い出になりますので、詠み残しておきたいものです。私はそれでいいと思っています。自分の実感ですから……。

2017年08月20日

引き返しのない涼しさ

季語：涼新た

昨日は夕立と雷がすごくて、おまけに近くに落雷まであったとか。今日はまた〃高温注意情報〃が出るぐらい暑かったのに、句会の兼題は「新涼」でした。この季語は立秋を過ぎて、夏とは違うしみじみした涼しさを感じること。夏の「涼し」は炎暑や蒸し暑さの中で感じるかりそめのものですが、「新涼」は秋になっての引き返しのない涼しさであり、肌をさらさらと吹きすぎる乾燥した風が心地よく、喜ばしい中にも一抹の寂しさ、心細さを伴うものです。

おのが突く杖音に涼新たなり　村越化石

村越化石については詳しく書きませんが、この句もハンセン病の薬の副作用で全盲になってからの作だと思います。だから、自分の突く杖の音を聞いて、ああ〜本当に秋になったんだなあ、この澄んだ感じは……と音を通じて新涼を全身で感じている句なんです。

今日はどれも似たり寄ったりの句だったからか、珍しく全員の句に点が入り、その中で唯一点を集めたのは次の句でした。

ネクタイを結び直して涼新た

この句は、やはり「結び直して」がいいですねと云うと、作者曰く「サラリーマンのとき、ネクタイをしていると苦しいので休憩の時は緩め、また顧客に会うときには結び直して出掛けるのです。でも、少し涼しくなったのでネクタイを締めるのもそれほど苦にならなくなって、という感じを詠みました」と。これは四月に入った新人さんの句でした。さあ、みんなで拍手！　もちろん花丸をあげましたよ。ついでに云うならこの句、私なら〈ネクタイを結び直しぬ涼新た〉としたいところ。

家に帰ると、日の沈む前の空が何ともいえず「新涼」の感じ！　そこでスマホを取りに行き戻ってくると、もう崩れて……ザンネン！　でした。

2017年08月22日

陰へ向かう淋しさ

季語：秋彼岸

九月二十日が秋彼岸の入りで、二十三日が中日、即ち「秋分の日」。それで二十六日は秋彼岸明けです。単独での「彼岸」は春の季語ですので、秋は「秋彼岸」とか「後の彼岸」といって区別します。この七日間に寺院や墓所に参り、法会を行ったりするのは春と同じですが、今から陽に向かっていく春の彼岸に比べて、やはりこれから陰に向かっていく秋彼岸には淋しさが漂いますね。

人の世に男女のありて秋彼岸　　草間時彦

この句なども、例えば下五を「彼岸かな」としたら、いかがでしょう。この世には男女しかいないのですが、その男女が今から恋をして、結婚して子供も生まれ……と人生の高みに登っていくような「彼岸」に対して、「秋彼岸」だとすると、途端にこの男女は凋落期に入っていく感じがしませんか？　やはり人生の黄昏を暗示してしまうんですね。このように同じような季語であってもそれぞれみな持ち味が違いますので、俳句を詠まれる方は、その季語の本意を理解して詠むことが大事です。

地の罅によべの雨滲む秋彼岸　　岡本　眸

詳しくは分かりませんが、この句は句集『朝』に所収とありますので、恐らく昭和四十年前後に詠まれたものでしょう。しかし、何となく昨今の地震や水害などを連想しませんか？　大地のあちらこちらの罅《ひび》割れに蕭々と雨が滲み込んでいく……ああ、今日は秋の彼岸なんだなあ～と、まるでこの世の無常を感じているような句だと、私は思いました。

でも、そのころ関東に大きな地震などがあった様子でもないし……とすれば、単なる罅割れかも知れませんね。その地面の割れ目に雨が滲みて、ああもう秋彼岸、これからは雨が降る度どんどん秋が深まっていくんだろうなあ……とこんな季節の移り変わりへの感傷だったのかも知れません。

まあ、俳句は作者の手を離れたら、その時点でどう読み取られようと全く自由なん

【秋】

ですから、これでよしとしましょう。
もう一つ「秋彼岸」で気になった句、

秋彼岸赤子の涙しほはゆき　中村草田男

「しほはゆき」とは漢字で「鹹し」と書く形容詞の連体形、「しおからい。塩分が多い。しょっぱい」という意味です。そもそも涙というものは汗と同じように体液ですので、塩分が含まれていて実質的にも塩辛いでしょうが、それ以外の感情からくる精神的なものを含むことが多いような気がします。

だから、涙の味をよく知っている人とは、人生の苦労を重ねた人という意味に使われることが多いようですね。そうするとこの草田男の句は、まだ何の苦労も知らない赤子でさえも涙はこんなにしょっぱいんだという、改めての感動でしょうか。「秋彼岸」の季語が絶妙に人生の悲哀を感じさせます。〃人はもう生まれたときから苦労を背負って、死ぬまで生きていくものなんだ……〃と。

やはり、春の「彼岸」ではこの味は出ないでしょう。

2018年09月23日

風雲急を告げる

季語：野分

火曜日ですので、午後から定例の句会です。今日の兼題は「野分」。「のわき」とも「のわけ」とも言い、草木をなびかせて吹く秋の暴風をいうのですが、要するに今でいう台風です。しかし、今でこそ天気図や衛星写真があるので、その風の正体が太平洋上で発生して日本付近を通過する巨大な低気圧の渦巻きであるということを皆知っていますが、昔の人は何もわからないまままただただ恐れていたんですね。次の高浜虚子の句がその雰囲気をよく伝えています。

大いなるものが過ぎ行く野分かな　高浜虚子

ちなみに、農耕民族からすると一番大切な稲作、その稲に花の咲く頃吹き荒れる風が台風だったんですが、それを一番恐れて「二百十日」や「二百二十日」といって

「厄日」としたんです。だから、それらも秋の季語です。

さて、野分の話に戻ると、この季語には昔からの歴史がありますので、同じであっても「台風」よりはるかに奥行きのある季語なんです。『枕草子』や『源氏物語』にも描かれていますもの。次に有名な野分の句を挙げましょう。

芭蕉野分して盥に雨を聞く夜かな　芭蕉
鳥羽殿へ五六騎いそぐ野分かな　蕪村

どちらも有名ですのでご存じの方も多いでしょう。芭蕉の句には「茅舎ノ感」という前書があります。この茅舎は「茅葺の粗末な家」という意味で、今の深川にある芭蕉庵のこと。この句の「芭蕉」は植物の芭蕉なのですが、まるで本人のようにも感じられますね。外では芭蕉の葉が暴風雨でバサバサッと音を立てている、家の中では盥《たらい》の雨漏りの音を聞いている夜……そういう孤独な芭蕉の姿を想像してみて下さい。

蕪村の句、「鳥羽殿《とばどの》」とは京都市伏見区下鳥羽辺りにあった白河・鳥羽上皇の離宮。規模が宏大で林泉の美を極めた「城南離宮《せいなんのりきゅう》」などといわれたもの。句意は「野分の吹き荒れる中、騎馬武者が五、六騎、一路南の方の鳥羽殿を目指して駈け抜けていく。

ただならぬ気配が感じられることだ」と。この句は、明和五年（一七六八）八月十四日句会の句で、歴史的事件に対しての想像句——詠史句といわれるものなんです。

その歴史的事件も保元（一一五六）・平治（一一五九）の乱だとか、平清盛が後白河院を突如鳥羽殿に押し込めた事件（一一七九）だとかの意見がありますが、私にはどっちとも……。ただ、保元の乱が七月、平治の乱は十二月、清盛の事件は十一月らしいので、これらも陰暦でしょうから、だとすれば「野分」の季語をして七月の方が合うような気がしますが……はっきりは分かりません。

どっちにしろ要するに、自然界にも人間社会にも風雲急を告げるようなただならぬ状態が、「野分」という季語でしっかり詠み込まれているということでしょうね。

2017年09月12日

〝目から鱗〟――「秋雨」と「秋の雨」 季語：秋雨

今日も朝から一日中シトシトと……まさに、「秋黴雨《あきついり》」とか「秋霖《しゅうりん》」という季語に相応しい日でした。
「秋の雨」というと秋季の雨の総称なので、秋のいつのどんな雨であっても使える季語ですが、「秋雨」や前記の二つなどは、梅雨のように小雨が降り続く長雨に用いる季語です。だから、同じように考えて安易に使わないようにしましょう。

三日降れば世を距《へだ》つなり秋の雨　水原秋櫻子
秋雨の瓦斯《ガス》が飛びつく燐寸《マッチ》かな　中村汀女

秋櫻子句の季語は「秋の雨」、汀女句は「秋雨」です。
秋櫻子は「秋雨」などという季語を使えば、「三日降れば」という措辞が不要になると考えたのでしょう。ましてや「秋黴雨」などは梅雨のようなじめじめした情感がつきまとい重苦しいですね。「秋霖」という語は同じ長雨でも透明感が感じられて明るいのですが、ここは気分的にはやや淋しさと物憂さを表現したかったのではと思います。だからその気持ちを「世を距つなり」と詠んでいるのです。

また、俳句では不用意に数を用いるのは危険であると言われています。私も初学の頃よく言われました。「この句にこの数は必然性があるか?」と。しかし、この句の「三日」というのは、短すぎず、かといって長くもなく……ということです。そうすると、ここは「秋の雨」でないといけないということになったのでしょう。

汀女は、ホトトギス派で昭和を代表する女流俳人四Tの一人。そのみずみずしい感性で、〝台所俳句〟に新たな領域を拓いた人です。初学の頃この句を見たとき〝目から鱗〟でした。ああ~こんな句が詠めたら、と憧れましたね。

私も結婚した当初は、あの丸いガスコンロに燐寸で火を付けていました。だからその頃は燐寸が必需品で……懐かしい! 初めて使ったときはやはり怖くてなかなかうまくいきませんでした。ガスのコックを開くのと燐寸を擦るタイミングが合わなくて。そのうち自動点火になり、今では全く火を使わないＩＨですよ。ホントに便利になったものです。
　ところでこの句は、やはり「秋雨」でないと生きませんね。それは「秋の雨」と入れ変えて読んでみれば分かるでしょう。じめじめと毎日降り続く雨、燐寸も湿って火付きが悪そうです。そういう時季だからこそ「瓦斯」が「燐寸」に飛びつくという瞬間がありありと見えてくるし、その時の「ボッ!」という音までも聞こえてきそう。これがたまたま今日だけ降った「秋の雨」というのでは、その迫力が大きく違ってくると思いませんか。

２０１７年10月15日

【秋】

今日は重陽と詠んでもいいの？　季語：菊の酒

昨日も今日も台風一過の爽やかさはどこにもなくて、蒸し暑い日が続いています。ところで、今日は九月九日ですよね。陰暦ならば、この日は五節句の一つで、最も重要なものとされていた〝重陽《ちようよう》〟の節句です。陽の数（奇数）である九が重なることをめでたいものとして、古くは菊の節句とも呼んでいました。中国では「登高」と称して丘など高いところに登り、長寿を祈って菊花を浮かべた酒を飲んだんだそうです。

菊の香にくらがり登る節句かな　芭蕉
菊の酒醒めて高きに登りけり　闌更

日本では奈良時代より宮中で観菊の宴を催し、菊酒をかわし、臣下に詩歌を作らせました。民間では農事に関連した祝いの行事として、九月の九日、十九日、二十九日を「三九日」といい、「みくにち茄子」として茄子を食べる地方もあったんだとか。

菊の杯酌み重ねつゝ健康に　　高浜年尾

また「温め酒」も、もともとは寒さに向かう境目頃にあたる重陽の日に、酒を温めて無病息災を祈ったものなんです。

人肌といふはむづかし温め酒　　瀧春一

これらの句から見ても分かるように、今日のような陽暦九月九日の残暑のまだ厳しい頃の感じではないでしょう。そうなんです。「重陽」も「登高」も「菊の酒」も「温め酒」も、全て晩秋の季語なんですよ。今年の陰暦九月九日は、陽暦十月二十五日になりますから、その頃なら肌寒さも感じるでしょうし、菊の花も盛りになっているとでしょう。

というわけで、今日のような陽暦の日をもって「重陽」や「登高」などの季語で詠むというのは、やはり実感が籠りませんので気をつけたいものです。

ほら、もう少し寒さが身に沁むようになったら、きつと「温め酒」も美味しいと思いますよ。それまで待っててくださいね！

2020年09月09日

幻の蟋蟀

季語：蟋蟀

今日はこぬか雨が夕方まで降っていました。このところ気温の変動が激しくて、穏やかな秋の気候を忘れてしまいそうです。さて、昨日の兼題は「蟋蟀《こおろぎ》」でした。俳句では、キリギリス科とコオロギ科の虫を総称して、「虫」という季語で表します。そのコオロギ科の中には、コオロギ、スズムシ、カンタン、マツムシ、カネタタキなどがあり、それぞれでも季語となっています。

粥すする匙の重さやちちろ虫　　杉田久女

「ちちろ虫」とはコオロギのこと。この句の制作時期がわかりませんのでハッキリしたことは言えませんが、「粥」と「匙の重さ」で病中作ということは分かります。粥ぐらいしか食べられない病状、当然食欲もないのでしょう。また、「ホトトギス」を除名処分されたという久女の状況を考えると、肉体的以上に精神的に参っていたときかも。そうだとすれば、季語の「ちちろ虫」がはかなくも哀れですよね。

今回とびっきり面白かった句を紹介しましょう。〈蟋蟀に翻弄さるる寝床かな〉です。以下はその時のみんなの会話。

「寝る所でコオロギを飼ってるのかな？」

「そりゃスズムシを飼ってる人もいるからね」

「たまに部屋に紛れ込んでくることがありますよ」

「それなら一匹か二匹でしょ？」

「これ、〃翻弄さるる〃とあるからたくさんよ。ぞろぞろといるのよ……」

「じゃ気持ち悪い！　やっぱり、虫かごに飼っていて、それが一斉に鳴いて寝られなかったということじゃあないのかしら？」

と、まあこんな有様で……。

皆さんはどう思いますか？　もちろん採る人はいませんでしたので、みんなにさんざん喋らせておいて、最後に作者の種明かしは……、

「兼題の蟋蟀をあれこれ考えているうちに寝られなくなって、仕方がないのでそれを

詠みました」と。

それじゃあ蟋蟀はどこにもいないんじゃないの、それはいけませんよ！　これからはこのような季語の使い方はしないようにしましょうね（笑）。

2018年09月12日

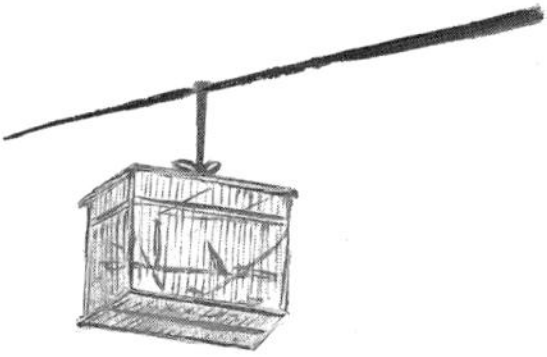

男の含羞？

季語：秋刀魚

今日はまあまあのお天気。でも曇ったり日が差してきたりと、ちょっと定まらない〝女心と秋の空〟の感じでした。午後からは俳句教室で、兼題は「秋刀魚《さんま》」。もちろん秋の季語です。ところが、江戸時代にはあまり人気がなかったからか季語とされておらず、現代になってから俳句に多く詠まれるようになったものなんですって。

火だるまの秋刀魚を妻が食はせけり　秋元不死男

この秋刀魚の句がいつ詠まれたのかは分かりませんでしたが、特に「火だるまの秋刀魚」がいいですね。昔は七輪の炭火で、煙が出るので外で焼いていましたから、その景が目に浮かびます。ヘタすると脂が燃えて本当に火だるま、それを一生懸命に消して……だから焼き上がった秋刀魚は煤で真っ黒でした。

でもそうやって焼いた秋刀魚のナント美味しかったこと！　口を黒くして家族中の笑い声が……。父はあの苦い腸が好物で、「これがあるから秋刀魚はうまいんだ！」と。懐かしい話です。

また、「火だるま」というと、何となく家計が〃火の車〃だという感じも連想されて、妻が〃もっとしっかり働いて〃とハッパをかけているようでもあり、そう思えば不死男の苦笑いも見えてきませんか。裏を返せば、苦労ばかりかけている妻を労る優しさも隠されているように、私には思えます。

気持ちを素直に口に出して言えない男の含羞かな？　不死男の句を読んでいると、何だかドラマが書けそうな……そんな句が多いですね。

2018年10月02日

言わぬが花(2)

季語：木犀

先日の兼題「木犀」での句では殆どが香りを詠んでいました。確かに、花を見るよりも先にその香りで開花を知りますもの。仕方がないと言えばそうなんですが……。

ここで考えてみましょう。そう、誰もが知っているということは「木犀や」と言っただけで香りも分かるということなんですよ。わざわざ「木犀の香や」とか「木犀の香るや」とか言わなくても。十七音しかないんですから、できるだけ無駄なことを言わない！　これが俳句のコツです。いや、言わなければいけないときも、また敢えて言うときもありますけどね。それはもっと上手になってからということです。

木犀や同棲二年目の畳　髙柳克弘

浴後また木犀の香を浴びにけり　相生垣瓜人

前句には「香」がないですが、「畳」とありますからこの句は部屋の中の景です。でもほら、香っているでしょう。ところが後句は、風呂上がりの後ちょっと庭にでも出てみた景でしょうから、「香」と言わなかったら花びらを浴びているようにもとれるんです。だってあの木犀の花はぽろぽろとよく零れますもの。だからここは敢えて「香」と言ったのでしょう。

句会では、〈木犀の花の御飯やまんまごと〉と〈遠き日のままごと遊びや金木犀〉という似た句が出ていました。どちらも初心者の句ですから問題はありますが、香りではなくて子供の頃の回想で詠んだのが手柄でした。「ままごとは私の頃は〝あかのまま〟でしていたけど」と言うと、「それもしましたが、金木犀の花びらでもしていたんですよ」と。へエッ、じゃあ匂いのいいご飯だったでしょうね（笑）。

でも「まんまごと」はあまりいい表現ではないです。後の句も、「ままごと」が子供の遊びのことですから中七を字余りにして言う必要はないでしょう。そこで、〈木犀の花をご飯と遊びをり〉と〈金木犀妹《いも》とままごとせし日々も〉に。ちなみに「遠き日」も言わずもがなですので削りました。

時として俳句では、はっきり言わない方がいろいろと想像できて、世界が広がります。要するに〝言わぬが花〟なんですね。

2019年10月15日

漢字の発信力

季語：後の月

十月の終り頃というのは、朝夕の冷え込みを繰り返しながら冬への準備を進めているのでしょう。まるで予告するかのごとく。

さて、昨日の句会の兼題は晩秋の季語の「後の月」でした。「十三夜」とか「名残の月」、また枝豆や栗を供えるので「栗名月」「豆名月」などともいい、陰暦九月十三日の夜、またはその夜の月のことです。中秋の名月に対しての「後の月」ということなんです。

名月と同じようにこの日も月見をしますが、秋も深まって冷えてくる頃だし、まだ少し欠けているということで十五夜のような華やかさはありません。しかし、その欠けたところで侘び・寂びを愛でるというのが、日本独特の美意識なのです。

今年（二〇二〇）の「後の月」は十月二十九日。だとすると昨日の夜、帰りに見上げた月は半月でしたから十一夜月ということになりますね。とても澄んでキレイなお月様でした。ちなみに満月は三十一日です。

皿小鉢洗つて伏せて十三夜
あげ底の酒の徳利や後の月
鈴木真砂女

二句ともに鈴木真砂女さんの作。平成七年（一九九五）出版の句集『都鳥』に収められている句ですから、きっとこの「皿小鉢」も「酒の徳利」も銀座の小料理屋〃卯波〃で使用したものでしょう。

十三夜の月は、十五夜よりも出るのが少し早いし、「皿小鉢洗つて伏せて」というと、もうかなり夜更けの時間かもしれません。お客が一段落したときなのか、それとももう店じまいの片付けが終わって、ホッとしたときの中天の月かも。どちらにしても、ああ、やっと一日が終わったと、いやこの月も今度見るのは来年かと、感慨深く眺めている……しみじみしてきますでしょう。

落語にも出てきますが、〈月月に月見る月は多けれど月見る月はこの月の月〉という、読み人知らずの有名な和歌がありますよね。満月は毎月毎月あるでしょうが、やはり「名月」や「後の月」などというのは一年に一度だけですもの。そして、その思いは桜にも通じる思いでしょうか。つまり、昔から日本人の感性の出所は、月や花……ほら〝雪月花〟というように。

そういう前句のしみじみとした情感に引き替え、後句にはちょっと苦笑してしまいます。せっかくいい月夜で、一杯呑みに来てくれたお客さんに対して「あげ底の徳利」とは。このあげ底の徳利は飲み屋などでは儲けの常套手段のようですが、それにしても……。真砂女女将はどう思っていたのでしょうか。〝儲けさせてもらって申し訳ないわね〟ぐらいの気持ちなのかな？ それとも〝あげ底ぐらいでちょうどいいのよ、目一杯飲まずに早くお帰りなさい、お月様がほらこんなにキレイなんだから〟……と客のためを思って？

ところで、この日の句会に〈収穫を終へて今年も秋の声〉というのが出ていました。そこで、皆さんちょっと頭の体操！ 一緒に考えてみて下さい。

私が先ず「これは何の収穫を終えたのかしら？」と聞きました。すると「そりゃあ、葡萄でしょ！」とみんなが口を揃えて言いました。「それならこれではおかしくない？」と……。私も句会のみんなも、作者のHさんが葡萄を作っているということを知っています。だって、前回の句会でみんな美味しい葡萄を頂いたんですもの。でも敢えて、「もし何も知らない人がこの句を見て思うのは何でしょう?」と聞きますと、誰もが「?‥?‥」、「何か気がつかない?」といっても「……?‥?‥」

さあ、これを読んで下さっている皆さんは何か気がつきましたか?

以前私が〝思い込み〟ということを書きましたが、そう、それなんですよ。人というものは、一旦思い込むと全く違う見方をしようとはしません。この場合もそうだったんです。

この句は今年の「収獲」をやっと終えたという安堵感を詠んだものですが、よく見て下さい。まあ、季語がどうかと思われた方がいらっしゃるかも知れませんが、そこは初心者ですから……ね、ガマン!

問題は「獲」の字なんです。この字は、狩りをして鳥や獣など、また漁をして魚などを得ること。だから、猪などの猟が終わったのか、または魚の収獲期が終わって一段落したのかと思うのではありませんか。要するに、作者は猟師さんか漁師さんだろうということになるのです。もし農家の稲や芋とか、または葡萄などの取り入れだったら「穫」を使うべきでしょう。そうすれば、農作物などを刈り入れることだと分かるのですから。

言われてみれば、な〜んだ！　というちょっとしたミスなんです。でも、作者のことを誰も知らない俳句大会などに投句したとしたら、きっと間違って解釈されますよ。選者は当然、表現された言葉によってその句の情景や心情を理解し、鑑賞しようとしますからね。

俳句は十七音しかないので、ちょっとした助詞の使い方でも意味がガラッと変わることがありますし、用いる文字によっても大きく違うということを心して詠まねばなりません。特に漢字は意味の発信力がとても強いので、誤字などは絶対に避けないと大損をしてしまいます。くれぐれも細心の注意を怠りなく！　頑張って下さいね。

2020年10月28日

実感が大切

季語：星月夜

今日は朝から一日中雨です。だから昨夜は星もきれいには見えませんでした。それなのに、昨日の句会の兼題は「星月夜」。もちろん秋の季語です。

初心者で時々この季語を間違って使うことがあります。要するに、星と月が出ているきれいな夜という意味に。星月夜とは、月のない夜空が、星明りで月夜のように明るいことをいうのですが、今時の、特に都会ではめったに体験できる季語ではないんです。余程高い山か人家の灯のないところで、それも晴天でなければ見られないのですから。

私が本当にこれが「星月夜」だと実感したのは、ネパールのエベレスト街道トレッキングツアーでのこと。タンボチェ（三八六〇m）の山小屋に泊まった夜でした。でも、秋じゃあないんですよ。行ったのは二月の終りから三月の初めでしたから。しかし、星とか月とかは寒いときの方がかえってよく見えますよね。大気中の水蒸気が少なく乾燥しているため、光が冴えわたっているからでしょうか。

ちちははの国に寝惜しみ星月夜　鷹羽狩行

作者の鷹羽狩行氏は山形県新庄市生れ。ということは、この「ちちははの国」はその新庄市でしょう。最上川中流域の周りを山に囲まれた雪深い盆地だそうです。だとすれば、都会で見る星月夜とは違って、そりゃきっと美しいに違いありません。私も初めて蔵王に行ったとき、本当に空気が違うと思いましたもの。まして故郷なら何をか言わんやですね。「寝惜しみ」に実感があります。

句会では、〈天を突く槍の穂先や星月夜〉という句がありました。作者は、ご夫婦で山登りの会に入りいろんな山へ行かれていますので、お二人揃って山の句が多いんですが、この時もそうでした。これは、槍ヶ岳を詠んだもの。だとすれば、確かに星月夜はきれいに見えることでしょう。

そこはよしとして、もったいない！　上五・中七すべてをその山の説明で終わってしまっています。「天を突く」も「穂先」も不要。せっかくですからここは槍ヶ岳の近くの山小屋に泊まって、明日はあの山頂に立つのだという昂揚感、それを見守るごとくに静かに輝く星空……と、こんな具合に詠んでみましょうか。
〈槍岳へ明日は立たんと星月夜〉としてみましたが、いかがでしょう。

2017年09月27日

九月尽とは？

季語：九月尽

とうとう九月も最後になってしまいましたね。

季語に「九月尽《くがつじん》」というのがあります。〝九月が終わる〟ということですが、この季語は陰暦の九月末日をいうので、明日から冬に入るという九月晦日の、秋を惜しむ思いが強くこもるもの。春を惜しむ「三月尽」と並ぶ季語です。

要するに陰暦では、一月〜三月を春、四月〜六月を夏、七月〜九月を秋、十月〜十二月を冬としていますからそうなるんです。しかし、近来の作例には間違って陽暦の九月末日を詠んだものがあり、注意が必要だと歳時記にも解説してありました。

雨降れば暮るる速さよ九月尽　杉田久女

この句はまさに秋の終りを感じさせますね。「暮るる速さよ」で、冬の季語の「短日」や「暮早し」という感じを匂わせていますもの。陽暦九月のまだ明るい夕方ではこうは言えません。また、立冬までは一ヶ月以上もありますし……。

つまりは、俳句というものは事実を述べるだけのものではなく、詩情を詠いあげるものなんです。だからそこに詩が生まれる何かがなくては……ここでいうなら〝秋を惜しむ心〟なんですね。ただ単に九月（陽暦）が終わるというだけでは詩になり得ないでしょう。

まだ陽暦の〝八月尽〟なら夏休みが終わるという感慨はあります。例えば、子供たちからいえば〝もう終わるというさみしさ〟、親の側からは〝やっと終わるから嬉しい〟という感情があるでしょう。だから句が詠めると思うのですが、歳時記には〝八月尽〟はありません。その代わりに「休暇明」や「夏季休暇果つ」という季語がありますので、使うときは心して詠みましょう。

２０１９年09月30日

季語が動くということ

季語：秋の浜

今日は久しぶりに午後から太陽の顔が拝めたのですが、それも一瞬ですぐに厚い雲に覆われてしまいました。

先日の句会の兼題は「秋の浜」でした。このような兼題は意外と難しいんですよね。例えば「月」などはそのままで秋の季語ですが、「春の月」や「夏の月」「冬の月」とかもあります。このように季を付けさえすれば、どんなものでもその時期の季語として使えます。しかし、それらの違いをしっかり認識して作句しなければ、ただの駄句として終わってしまうんですよ。

初心者の句にはそれがとても多いのです。「なぜ秋の○○なんですか?」と聞くと、「だって秋に見たんだから……」と。この「秋の浜」もそうなんです。浜辺に行ったのが秋だったからそう詠んだと。じゃあ冬に行ったら「冬の浜」とか春に行ったら……などと、いくらでも変えられますよね。そうなると、この季語でなくてはいけないという必然性がなくなってしまいます。そういうのを俳句では〝季語が動く〟というのです。

では、どのように用いればいいのかを考えてみましょう。

さて、海といえばやはり夏が一番相応しいですね。海水浴などで賑わう浜辺、そこには夏のギラギラとした太陽があって、日に焼けた若者や家族連れ、子供たちのバカンスを楽しむ姿など、またこの夏の間だけ開いているような店や海の家など……。そんな一時期の賑わいを見せた浜辺が、秋になると急に人影も見かけなくなり、店などは閉め切られていて、風だけが吹きすぎていくような淋しい浜となっているのです。その何ともいえないしみじみとした寂寥感が感じられるような句が詠めるといいのです。

でも、これが淋しすぎたり寒々としすぎたりすると、それはもう「秋の浜」でなく「冬の浜」になりますので気を付けて！　そのあたりの兼ね合いがうまくいかないと、いい句にはならないでしょうからね。

ともどもに老いて歩める秋の浜　　飯田龍太

この句はいつ頃の作でしょうか。恐らく奥さんと二人で歩いた晩年の「秋の浜」なのでしょう。そもそも龍太の生れは山梨県笛吹市、育ったのもこの山国です。大学卒業後、三人の兄が病気や戦争で次々と亡くなり、飯田家の跡継ぎとして、また父蛇笏が遺した俳誌「雲母」の主宰として、生涯をこの山国の生家〝山廬《さんろ》〟で暮らした人なのです。だから海などを見るのも浜辺を歩くのも、お二人にとっては久し振りのことではなかったのでしょうか。

その浜辺に残る足跡を振り返ってみると、まるで今まで共に歩いてきた二人の人生の跡のようで、「ともどもに」の語に実感がこもっていますね。だからここはやっぱり、春でも夏でも冬でもない、「秋の浜」でなくてはならないと思うんです。

龍太は平成十九年（二〇〇七）二月二十五日に亡くなりました。享年八十六。奥さんは龍太より以前に亡くなったそうですが……とても夫婦仲が良く、奥さん思いの優しい人だったそうです。合掌。

2017年10月17日

名句の所以

季語：柿

我が家の柿が熟れ始めました。でも、それは中に虫が入っていて傷んだのが早々に熟柿になるからなのです。その熟柿がすぐにポタポタと落ちてきますので、少し捥いでみました。食べると今年の柿は甘いです。まともなのはもう少し置かないと美味しい色になりませんが、つい油断して置きすぎると、今度は鵯や鳥に食べられてしまいます。困ったものです。

あの子規の好物の柿は御所柿ですが、我が家のは富有柿です。東アジア温帯に固有の植物で、中国では紀元前二世紀に栽培の記録があり、日本へは奈良時代に渡来したもの。改良され多くの品種がありますが、大きくは甘柿と渋柿に分けられ、甘柿はそのまま、渋柿は脱渋をするか干柿にして食べます。また、柿渋を取ったり、発酵させて柿酢を作ったりもします。

さて、「柿」ですぐに浮かぶ句はやはりこれではないでしょうか。

柿くへば鐘が鳴るなり法隆寺　正岡子規

「法隆寺の茶店に憩ひて」の前書があります。明治二十八年十月十九日に松山を出発し、広島、須磨を経て大阪に至り、さらに奈良に三日間遊んで、十月三十日に帰京した子規が奈良で詠んだもの。すでに宿痾の腰痛に苦しみ始めていたのですが、奈良滞在中はその痛みもなく、思い出深い旅になったようです。

後年の小品『くだもの』にこの時の旅を回想し、東大寺脇の宿で奈良名産の大好物の御所柿を、愛らしい女中にむいてもらって食いながら、初夜（午後八時頃）の鐘に聞きほれる話を書いています。この句の場合は法隆寺の茶店となっていますが、どちらにしろ楽しい旅だったのでしょう。

ところで、この句の鑑賞で大事なことは、柿を食べたから鐘が鳴ったと解釈してほしくないということ。それだったら因果関係になって、なぜという疑問しか残らないですね。ここは、柿を食べることと鐘が鳴ったことはたまたまであって、そこには何らの理由はないのです。

その偶然を子規は感覚的に〝おもしろい！〟と直感したのでしょう。柿の色と味、それに重なる法隆寺の夕景、更にはそれを包む鐘の音という……視覚、味覚、聴覚の偶然の重なりが、理屈抜きの詩の世界で響き合ったのでしょう。これはだれしもが心の中に持っている、いわゆる日本の〝原風景〟ではないでしょうか。

そう思って読むとき、上五・中七の冒頭のＡ（ア）の母音が快く響き、リズムよく下五につながって流れるでしょう。そして、繰り返し目を閉じて読んでみて下さい。その情趣的な風景（イメージ）が眼前に広がっていくでしょう。それが名句といわれる所以ではないか……と、私は思うんです。

２０１７年10月07日

冬

昨日は立冬でしたよ！

季語：冬に入る

昨日十一月七日は「立冬」でしたね。「冬立つ」「冬に入る」「冬来る」「今朝の冬」ともいって、全て初冬の季語になります。

菊の香や月夜ながらに冬に入る　正岡子規

歳時記に載っている結構知られた句ですが、この句には「菊」「月」「冬に入る」と、三つも季語があります。普通はこんなに季重ねのある句は採り上げられないのですが、なぜだかいやに説得力のある句なんですよね。これが子規の句だからというのではなくて……。もちろん季語と知った上での作でしょうが、江戸時代やこの子規の時代では、あまり季重ねのことは気にしていなかったような気がします。

ここに描かれているのはきっと実景なんでしょう。まさに秋の終りの景。ただ、暦の上だけでは間違いなく「冬」が来たということ。

先ず子規を突き動かしたのは「菊の香」、即ち嗅覚……その香りにはまだしっかりと〝秋〟が感じられたのです。更に見上げれば今日は綺麗な月夜……と、今度は視覚を加えての完全なる〝秋〟を思わせる様子。しかし、そういえば今日は立冬だったのだなあ……と、子規の思いがやっと冬に至ったという構図が見えてきます。それが「ながらに」という語の働きなんですが。

私はここでちょっと考えてみました。上五を敢えて「菊の香」にしなくても、季語以外のものでもよかったのではと。例えば、「美しき」や「澄み渡る」などのような月夜の描写などで。しかし、そうなると切れがなくなり散文的で理屈っぽくなる。ここでは「冬に入る」という季節の移り変わりへの驚きが重要なのです。とすれば〝秋〟を印象づけるもの、月だけでは弱い。もっと強烈な決定的なものが必要となったのではないか。この句では「香」と言っていますが、当然菊の花の映像もしっかり見えてくるでしょう。それも切字「や」で印象づけるのですから、秋真っ盛りの菊を連想したとしても不思議ではありません。

読者に秋を代表する花「菊」を焼き付けて、さらに「月」で引き延ばしておいて、

【冬】

最後に「冬に入る」という決定打を打つ。しかし、その作為を感じさせないところに説得力があって、読者は納得させられるのです。ちなみに、この句は「冬に入る」が主で、「菊」と「月」は副ですから、冬の句になります。なぜなら月は年中ありますし、菊も秋だけでなく夏から冬まであります。しかし、立冬は一日だけのことで、季語としては動かないから強いのですよ。

こう考えてきますと、この句の季重ねがイヤミには感じられず、却って季節の移ろいというものが前の季節を色濃く残しながらも、いつの間にか次の季節へと変わっていくものだと改めて思わされることです。

昔、といっても子規の頃ですから明治時代ですが、実際の風物と暦の上での季節というものに多少の隔たりがあったということかも。それが今日のような地球温暖化の中では、暦と現実との季節感のズレはいよいよ大きくなってきています。今年の〝立秋〟などはまさに然り！　そうなると、これからその傾向は益々強くなるでしょうから、多くの季語の見直しが必要になってくるのでは……と思うのですが、皆さんはいかが思われますか？

2020年11月08日

玉の如き小春日和

季語：小春

昨日は一日中曇りでどんよりと……。午後から俳句教室だったのですが、それが終る頃には雨がぽつりぽつりと降り出しました。でも、兼題は「小春」でした。初冬の季語で、陰暦十月の異称、「小六月」ともいいます。「小春日」「小春日和」は、立冬を過ぎてからの春のように暖かい晴れた日のこと。

玉の如き小春日和を授かりし　松本たかし

私が俳句を始めた頃にすぐに覚えた大好きな句です。娘の結婚式が十一月の後半……もう二十年近くも前になるので日にちまでは忘れましたが、とにかくよいお天気でした。式を神社で行いましたので、その記念撮影は外で……その時、まさにこの句が浮かんだのでした。きっと、作者はこんな気持ちを詠んだのだろうと。

その後、この作者が江戸時代からの宝生流能役者の家の長男として生まれ、将来を嘱望されて五歳から能の修業を始めた人だということを知りました。ところが十四歳の時肺尖カタルと診断され、その後病気が思わしくないがために能役者を諦め、俳句の道へと進んだ人でした。

療養中に「ホトトギス」を読んで俳句に興味を持ち、十七歳から高浜虚子に師事、二十三歳という若さで「ホトトギス」巻頭を取って同人に推されます。昭和二十一年（一九四六）、四十歳の時に「笛」を創刊・主宰し、三十一年（一九五六）、五十歳で亡くなりました。

この句は何年に詠まれたものかが分からないのですが、普通「小春日和」というだけで有り難く幸せな感じがするのに、更にそれを「玉の如き」とまで形容するということは、作者の状態が健康ではなかったと思われます。

病人の心が日々のちょっとした天候に大きく左右されるということ、大病をした者にはよく分かります。雨が降れば暗く沈むし、日が照れば気持ちも明るくなると……。ましてや寒い冬の到来、病状も悪ければ悪いほど、太陽の有り難さを痛感することでしょう。そんな時、口からポロッと零れたような何気ない言葉……そんな感じがします。しかし、その飾り気のない本音のような心情だからこそ、誰しもが心打たれるのではないでしょうか。

2018年11月17日

〝頭で作る〟とは？

季語：初霜

昨日の雨でぐっと冷え込み、今日の最高気温は十五度。最低気温も七度と。やっと冬らしくなりました。

今回の兼題は「初霜」で、初冬の季語。この季語はけっこう難しかったみたい！なぜかというと「初」がくせ者なんですよ。「初」がなくて「霜」だけならば三冬……即ち冬の間ならいつでもいいということ。ところが「初」が付いたばっかりに、その冬の、初めて降りる霜なんですから、そうそう何度もあることではないんですよね。

普通「初」を付けると新年の季語になりますが、このように「初霜」や「初花」「初秋刀魚」「初時雨」のように、その年ではこれが初めてのものという意味で使われる季語ですので、十分に考えて、それらしく詠まねばなりません。

今回はみんなどうしたんでしょう。ちょっと考えただけでもヘンな句が多かったですね。例えば、「初霜を蹴つて」とか「初霜の音を」とか。何か勘違いしてない？と聞くとみんな「?.?.?.」「大霜や強霜ならいざ知らず、蹴ったり、音がしたりなんて、あり得ないんじゃないの?.」と。すると、やっぱり私の想像した通り「霜柱」の勘違いでした。他にも「初霜を踏む足楽し」がありましたが、これもきっとそうでしょう。

また、〈初霜や尻跡残るすべり台〉という句が出ていて、結構点が入っていました。そこで採った人に、「これ時間はいつ頃だと思ったの?.」と聞くと、「早朝です」「じゃあだれの尻跡?.」と聞くと、「小さい子供の……」と。

ほら、おかしくありませんか。何とも思いませんか？　そんな早朝に小さい子供がすべり台で遊んでいるなんて……ましてや霜の降りている寒〜い朝ですよ。母親なら、霜が溶けて暖かくなってから遊ばせるでしょうし、朝ご飯も食べさせないと。

もう矛盾が見えてきたでしょう。そこで作者に、これ実景？　と聞くと、「社宅の公園のすべり台なんですが、想像して……」と。そうなんです。これが〃頭で作る〃ということなんですね。

しかし、今目の前に「初霜」が降りていなければどうすればいいのでしょう。そうそういつも見ているものだけを詠むというわけにはいかないでしょうからね。だから、見られる時に何でもしっかりと見ておくことが大切なんですよ。今すぐには必要なくても、どこで生きてくるか分からないのですから。

そこでこの句は〈初霜や日の差し初むるすべり台〉として、〝今年初めて霜がうっすらと降りているすべり台に、朝日が差し始めてきらきらと輝き出す〟という写生の句に直しました。

ところで、次の句が歳時記にありました。〝初霜〟というのはこんなものでしょうから、参考にするといいですね。

初霜のあるかなきかを掃きにけり　鷹羽狩行

2019年11月19日

いよいよ師走です！

季語：師走／十二月

いよいよ十二月に突入しました。「十二月」は仲冬の季語。陽暦の十二月のことで、一年最後の月です。

でも、昔から何の疑問も持たずに使っている「師走」という語、これは本当は陰暦十二月の異称で、今の陽暦では一月ごろの時期に該当します。だから季語としても仲冬・晩冬に入っています。しかし、師走の語源を〝経をあげるために師僧も走るほど忙しい〟とする説から、年末の多忙を表す語として定着したために、今では陽暦の十二月にも使っているのです。

また、一年最初の月は「一月」ですが、これも私たちに親しみがあるのは「正月」という言葉。初心者に俳句の指導をする時、一番悩むのがこの陽暦と陰暦とのズレが起こる新年の季語なんです。

昔、陰暦の時は大体立春が過ぎてから新年が来ますので、それに関する季語は春に分類して良かったんですが、今では陽暦で正月の行事を行いますので、ややこしくなったのです。その名残が、年賀状などに書く〝賀春〟とか〝初春のお喜びを申し上げます〟という言葉で、今でも用いられていますね。

そういう混同を防ぐため、歳時記は「春・夏・秋・冬」の外に「新年」という部を立てて五つに分けてあるのです。実際に正月が過ぎてから大寒が来るでしょう。その〝寒〟とかがつく季語は全て冬になりますから、句を詠む時は歳時記で必ず確かめてから季語を使うようにしましょう。

板橋へ荷馬のつゞく師走かな　　正岡子規

路地ぬけてゆく人声や十二月　　鈴木真砂女

どちらの句も、一年の最後の月を迎えて町中を慌ただしく往き来する人々の様子がよく見えてきますね。荷馬車なんて……懐かしい！

2018年12月01日

なぜ「春座敷」や「秋座敷」はないの？　季語：冬座敷

さて、昨日は今年最後の昼と夜のダブル句会。その昼の部の兼題は「冬座敷」。この「冬座敷」という季語は、最近の家には座敷がなかったり、あったとしても客間としてではなく居間的なものなので、結構難しかったようです。

ところで、この季語に対しては「夏座敷」という季語があります。でも、「春座敷」や「秋座敷」という季語はありません。今までは気にもとめずに詠んでいましたが、考えてみるとなぜなんだろうと思いますね。

そもそも季語という語が使われるようになったのは近代以降なんですが、季節という認識は『万葉集』の時代からあったようで、それぞれの歌を四季の別に配列している巻もあるということです。芭蕉や蕪村などの俳諧の時代には、二六〇〇の季語が集められていました。当然「冬座敷」も「夏座敷」も江戸時代から詠まれていた季語な

【冬】

んです。ですが、やはり春や秋はありません。〈何なりと薄鍋かけん冬座敷〉というのがありましたが、蕪村の弟子で江戸中期の俳人・黒柳召波の句です。また、芭蕉には〈山も庭に動き入るるや夏座敷〉という句があります。召波の句は〝何でもいいから薄手の鍋をかけてこの寒い座敷を暖かくしよう〟という意味。芭蕉の句は〝山も動いて庭から入ってきそうですよ、この涼しげな夏座敷へ〟と、夏座敷を褒めた句です。

昔は冬の寒さや夏の暑さを少しでも快適に過ごすための工夫があれこれとされていました。例えば冬は襖や障子、屏風などを立てたり火鉢や炬燵などで暖かくしたり、夏は襖や障子を外して、葭戸や簾を吊ったりして風通しをよくするとか、風鈴などを提げたりと、見るからにその季節らしさが感じられたのです。

しかし、春や秋は気候的には暑くも寒くもないという一番快適な季節ですので、座敷そのものへの感慨が湧かないから詠まれなかったということでしょうか。だとすれば、冷暖房の完備された現代、昔の風情が全くなくなった座敷を詠むのはとても難しいということがお分かりでしょう。

この「冬座敷」という言葉から受けるのは、やはり客間のイメージ。日頃は余り使われないために、どこか整然として冷たい空気が張り詰めたような部屋、そんな感じを生かして詠む必要があるでしょうね。

今回の最高点句は〈日にあてし座布団三つ冬座敷〉でした。採った人の評を聞いてみると、面白いことがありましたよ。一方は〝お客さんが来るので日に当てた座布団で待っている〟、片方は〝お客さんが帰った後使った座布団を干している〟のだと。

さて、みなさんならどちらだと思いますか？　作者の答えは〝待っているところです〟と。そうですね。ここは「日にあてし」の「し」がポイント。これは過去の助動詞ですから、もう既に日に当たってフカフカになった座布団が見えますよね。次に、どうして三つなの？　と聞くと「だって三人でしたから」と。じゃあ二人だったら、四人だったら？　と聞くと「……ウウッ」。

そうなんです。数を使うときはよくよく考えて使いましょう。たまたまそうだったからということでは説得力がありません。ここはいくつであってもいいはず。この句の中心は、日を当てた座布団で待っているという作者の思いやりの心なんですから。

そこで〈日に当てし座布団並べ冬座敷〉として、待っているのがしっかりと読者に伝わるようにしました。

2019年12月15日

俳句ダマシイ！

季語：熱燗

今日は何となくハッキリしない天気……でも最高気温は十七度。こんな時は一杯飲めるといいですね。

今月の兼題は「熱燗」、冬の季語です。「燗」は酒をほどよく温めること。普通は人肌に温めるのがよいといわれますが、「熱燗」になるとそれ以上に、時には摂氏七〇度前後まで熱くすることもあるといいます。

熱燗に焼きたる舌を出《いだ》しけり　高浜虚子

これなど読むと相当熱い燗酒ですね。〈酒もすき餅もすきなり今朝の春〉という句もあるように、虚子は酒が大好きな人だったようです。舌が焼けるほどの熱い酒を飲んで、その舌を出して冷していているなんて、ちょっと滑稽すぎませんか？　一体誰がこの燗を付けたのでしょう？　もしかしたらお酒など飲んだことのない娘さんが急に頼まれて燗を付けたのかも。日頃やったことがないので、その頃合がわからずについ付けすぎて……だから虚子もちょっとふざけて……という家庭での一齣のような気がします。もし飲み屋さんとかなら叱られますものね。商売にならないと……。

さて、この句に負けず我が教室でも、〈熱燗や舌で転がす余裕なき〉が最高点句でした。「～で」は口語的であまりいい音ではありませんので「に」に変えて、〈熱燗や舌に転がす余裕なく〉としましたが。

ところが、この作者はナント全く酒が飲めないという女性の句でした。虚子の前出の句を知っていて、そこからの発想の句だとか。マイリマシタ！

この会場の隣には、明治二十一年創業の宇部市の地酒〝男山〟や〝貴《たか》〟の製造元・永山本家酒造場があります。それで次のような〈酒米を蒸す香気立つ冬甍〉という句も。この句には魅力がありますが、難点もあります。まず「冬甍」はどうも……。何にでも季節を付けて季語にするのは頂けません。また「香気立つ」もちょっと大げさでしょう。そこで〈酒米を蒸す香や冬の土手行けば〉と直しました。

作者が「早朝ウォーキングで川の土手を歩いていると、その傍の酒造所から酒米を

【冬】

蒸す香りが匂ってくるんです」と。どんな香り？　と聞くと、「お餅つきの時の餅米を蒸すような匂いです」と。ウ～ン、私も餅米を蒸したのは大好きだし、できれば一度酒米を蒸すところを見たいですね。その蒸したお米も食べてみたいと思います。

そう、何でも一度は体験したい！　それが俳句ダマシイというものですよ。

２０１８年11月26日

とうとう大晦日！

季語：大晦日

今日は十二月三十一日。昨日の「小晦日《こつごもり》」に対して、「大晦日《おおつごもり》」といいます。また、字は同じでも「おおみそか」と読んだり、おおみそかと読んでも「大三十日」と書いたり、他に「大歳《おおとし》」や「除日《じょじつ》」も同じ意味の季語になります。

そもそも、「晦日《みそか》」というのは月の末日のことですから毎月あって、それが一年の締めくくりの末日ということで「大」が付いたのです。

この「晦」という字は、一字でも「つごもり」と読みますが、これは「ツキゴモリ」（月隠）を約したもの。もともとこの字は〃暗い〃の意味で、月の出ない闇夜を表していますので、陰暦の各月の最終日ということになるんですよ。

大年にかぎつて雪の降りにけり　一茶

【冬】

今年の大晦日はまさにこの通りでしたが、皆さまの所はいかがでしたか？　南国を除いて、概ね降ったところが多いのでは。こちらでは天気予報通り、朝起きたら真っ白！　滅多に降らない雪が珍しいので、雪国の方には申し訳ないのですが、気分は悪くないです。この白銀の世界に日が燦々と降り注いでくれれば申し分ないのに……。するとその思いが通じたのでしょうか。身を切られるように冷たい風は吹いていましたが、太陽が顔を出しました。それにつられて今年最後の洗濯をして干しました。
これで今年の仕事は終わったかな？　いやいや、まだ残っているものがありました。お正月の花を玄関に生けなくっちゃ……ああ、そうそうお屠蘇《とそ》の用意もしておかなくては……。

2020年12月31日

七草食べましたか？

季語：七草

昨日は「七種《ななくさ》」。五節句の一つで正月七日に芹《せり》・薺《なずな》・御形《ごぎょう》・はこべら・仏の座・すずな（蕪）・すずしろ（大根）の七草を入れた粥を食べると、万病を防ぎ、一年の邪気を払うとされ、今でも広く世間で行われている行事です。

もともとは七種の穀物（米・粟・黍・稗・葟子《みの》・胡麻・小豆）を炊いた固粥で、十五日に食べていたらしいのですが、平安期以降、五節句の一つ人日《じんじつ》（陰暦正月七日）に七種の若菜を粥にして食するという中国の風習に倣って、今日に到っているのだと。だから、季語として使うときは、行事的には「七種」が、若菜の意味なら「七草」がいいでしょう。まあ、今は厳密にということではありませんから気にしなくてもいいかも。しかし、七草には「秋の七草」もありますので気を付けて用いましょう。あの『ホトトギス俳句季題便覧』では、「七種」が春で、「七草」は秋の季題になっていますからね。

ああをああと春七草の売れのこり　高野素十

七種の過ぎたる加賀に遊びけり　深見けん二

以前母が健在の頃は、実家でいつも母と一緒に七草を探しに行っていました。が、大抵芹と仏の座が見つからず、その分は畑の野菜、例えばほうれん草やチンゲンサイなどで代用して、私が宇部の自宅へ帰る時には七つ揃えて持たせてくれていました。

やがて解く家なり母の薺打つ

私の第一句集『風聲《ふうせい》』に所収の、平成十二年（二〇〇〇）の作です。父が亡くなって母が兄たちと同居するため、古い家を解体して建て替えるという、その年の七種です。七草は、その代表として薺がよく用いられ、「薺粥」や「薺打つ」だけでも季語になっています。こういう昔からの行事は父も母も大切にしていて、絶対欠かしたことがありませんでした。ああ、懐かしい！

もちろん、我が家でも作って食べましたよ。でも、スーパーで売っている七草で……。中身にはナントはこべらが多いこと。御形や芹などこれっぽっち！　でも一応揃っていましたので、我が家の蕪と大根と小松菜を足して緑一杯にして食べました。ゴチソウサマ！

2020年01月08日

今日は女の正月

季語：女正月

今日は一月十五日、俳句では「小正月」や「女正月」といって新年の季語になっています。「小正月」というのは、一月一日・元日を「大正月」というのに対して、「女正月」は元日を「男正月」というのに対しての呼び名です。どちらも時候の季語で、同じ日なんですが、雰囲気的にはかなりの違いがありますね。

小正月そそのかされて酔ひにけり　中村苑子

女正月なり悪妻を愉しめり　渡辺恭子

やはり小正月というと、望（満月）の日を正月として祝った古い時代の名残で、餅を搗いたり団子を作ったりして祝う習慣や、農作物などの豊作を祈る行事などが残っていたりと、めでたさが中心になります。しかし、「女正月」は暮れから正月にかけて家事で忙しかった女性たちがようやく手を休めて年始に出かけたり、改めて新年を祝ったりするということから、女性たちのための正月という意味で使われます。

前句はきっと男性にそそのかされつい酒を飲んで酔ってしまったものの、そのことに後ろめたさを感じているのでしょう。でも後句は女であること、それも悪妻だとうそぶいて、堂々と女正月を愉しんでいますね。

2018年01月15日

解釈は自由！

季語：寒月／冬の月

夜の九時過ぎ外に出てみると、何とも美しい月が皓々と……ああ、そうなんだ、明日が満月だったたっけ！　これぞまさに「寒月」！　「冬の月」という言い方もありますが、やはり感じが違いますね。冬の月よりもいちだんと冷厳な凍てつくような月が寒月。季語としても「冬の月」は三冬で冬の間ならいつでも使えますが、「寒月」は寒中ですから晩冬になります。

寒月や僧に行き合ふ橋の上　蕪村
のり合ひに渡唐の僧や冬の月　〃

どちらも蕪村の句ですが、前句は寒月が皓々と照らす橋の上で偶然一人の僧に出会つた場面。後句はどこかの川の渡舟でしょうか、乗り合わせた人の中に今から唐へ渡ろうという僧がいたのです。それに驚くと同時に、その僧の高邁な精神にきっと感動したのでしょう。そんな人々を照らしている冬の月。どちらもしっかりと景の見える句です。

しかし、感じが違うでしょう。入れ替えてみると分かると思いますが、内容的には後句の方が厳しいはずなのに、何となくやさしい月で人の温みさえも感じられませんか。それは「のり合ひ」という場面と「冬の月」という取り合わせだからなのです。もしこれが「寒の月」だったら少し厳しすぎる、と蕪村は考えたんではないでしょうか。エエッ、聞いてみなくちゃ分からんって？……まことに（笑）。

前句の方は橋の上ですから、ここはぴーんと張った緊張感があった方が面白い！……と蕪村は考えたのかも。エエッ、これも分からんって！　まあ、作者の手を離れた作品はどう解釈されようとも自由なんですからね。ゴメンナサイ！

2020年01月10日

怪我の功名

季語：時雨雲

今朝ラジオ体操へ行くと、雲が一面に……。そういえば天気予報は一日中曇りでしたね。ところが、体操を始めて、イチ、ニッ、サン、シー……真上を見上げるとナント明るい青空が見えました。このところ宇部は曇っている日が多くて、ああ、また今日もと思い込んでいたんです。

人というものは、遠くは見るのに自分の真上って余り見ませんよね。自分の真上にこんな綺麗な青空があったなんて……。でも、体操が終わる頃にはまた雲が湧いてきてその青空を隠してしまいました。まるで、身近にあるシアワセに気が付かない人には見せないかのように……。

時雨《しぐれ》雲《ぐも》一《いち》握《あく》の空持ち去りぬ

【冬】

平成十年（一九九八）の私の作です。思えばその頃、一月には娘の手術と甥の訃が重なり、十月には姉の死が……。次の年の八月に義父、十月には兄と次々に亡くなり、まるで人生の負の時代がまとめて押し寄せて来たようでした。だから、この頃は法事が目白押しだったんです。今だから笑って言えるんですけどね。

これだけ次々と不幸が押し寄せると、何に対しても悲観的になり、自分の病気さえも悪い方にしか考えられなくなって、〝なんで私にこんな苦しみばかりを……、もう神様、助けて！〟という気分だったと思います。「一握の空」とは一握りの青空のこと。その残されたわずかな青い空をまたも無碍に時雨雲が持ち去ってしまったという、大袈裟にいうなら〝絶望感〟というものを詠んだんですね。

私の第一句集『風聲《ふうせい》』に収めて、林翔先生に帯の推薦句として採り上げていただいた句です。この時は自分の気持ちだけで精一杯でそれを詠んだんですが、今改めて見直してみると、この句は季語の「時雨雲」が良かったんですね。自分で言うのもおかしいのですが……。

「時雨雲」は冬の季語。そもそも「時雨」は冬の初めに降る通り雨のこと。降る時間も短く、地域も限定されていますので、ある意味一瞬で終わることもあるんです。そ

【冬】

れが去った後は、まるで嘘のように青空になったりと……。ということは、どんなに辛く暗いときでも、それが通り過ぎればまた明るい世界がくるのだと……、気付かずに私は悟っていたのでしょうか。エヘッ、偉そうなことを。ゴメンナサイ！

ここでもう一つ言わせて貰うならば、この句は「一握の空」もよかったから翔先生も誉めて下さったのではと思います。もしこれが「一瞬の空」だったらダメだし、ましてや「一瞬に空」なんて詠もうものなら、きっとボツになったでしょうね。この違い分かりますか？

まだ俳句を始めて十年余の私が、それを自覚して詠んだとは思えません。これはきっと、知らず知らずのうちに身についてきたものだったのでしょう。その時はなぜこの句を先生が……と分からなかったのですが、今にして思えばナルホドと。やっぱりベテランの先生方の選句眼は確かで素晴らしいと思いました。ああ、私も早くそうなりたい！

この句は、この時の私の偽らざる心境をただ必死に五七五にしただけで、季語も深く考えずに即けて詠んだような……まさに〝怪我の功名〟の句なんですよ。だから、みなさんも根を上げずに精進すれば、いつかどこかで報われます。それを信じて……

さあ、また頑張りましょう。

2020年01月31日

「ふくら雀」と飴細工？

季語：寒雀

今日の寒さは今季一番とか……とにかく寒い！　この寒さの中を午後からは句会でした。兼題は「寒雀」、冬の季語です。「ふくら雀」ともいい、寒中は食物が乏しくなるのでひときわ人家の近くにやって来て、餌などをやるといつも来るようになるとか。でも我が家は猫がいるので、米を撒いてもなかなか警戒して来てくれませんが。

寒雀顔見知るまで親しみぬ　富安風生

このように寒雀と顔見知りになれるなんて楽しいでしょうね。名前なども付けて。そういえば、『にっぽんスズメ散歩』（ポンプラボ編／二〇一七年／株式会社カンゼン）の中で、宇部市の神父・片柳弘史さんが雀に惹かれた理由を「真冬の朝に羽毛をいっぱいに膨らませて丸くなった『ふくら雀』と出会ったとき。（中略）近づいてスズメだとわかったときには、本当に感動しました。同じ鳥が、寒い時期と暖かい時期であれほど姿を変えるということに……」と、述べておられました。

ところで、兼題の句は殆ど「寒雀」を使っていましたが、一句だけ「ふくら雀」で詠んだものがありました。それは〈ふくら雀息で脹らむ飴細工〉です。句としては未完成の感じですが、飴細工との取り合わせはなかなか面白い！　点も結構入っていました。でも、飴細工って脹らませて作るの？　という疑問が私にはありました。だって、お祭りなどで手で捏ねて作るのしか見たことないんですもの。作者に確かめようにも今日は欠席、そこでちょっと調べてみました。

ありましたよ！　やっぱり、私が知らなかっただけなんです。飴細工の技法には、①引き飴　②吹き飴　③流し飴　④岩飴　⑤糸飴の五種類があること。その中の吹き飴というのは〃ふくらし飴〃とも呼ばれ、息で吹いたりポンプを使ったりして、空気を飴の内部に送り込むことにより丸い立体的な形を作る技術で、果物や動物などを作るのに用いられるんですって。今日も勉強させて貰いました。感謝です！

機会があれば作るところを是非見てみたいものですね。

2018年01月09日

皸は母の勲章

季語：皸

昨日はM俳句教室でした。今八人のこぢんまりとした和気藹々の教室で、楽しいです。それでは、まず先月の添削句よりいきましょう。

いつも言ひし皸《あかぎれ》を母勲章と

原句は〈あかぎれは勲章なりと母の声〉でした。今時珍しい「あかぎれ」という季語、すぐに飛びつきましたよ。だって、あかぎれが勲章とは……いい言葉です！　それも「母の声」とあるから、これは作者のお母さんの言葉でしょう。でも、まだお元気なんでしょうか？　それとももう亡くなられているの？　そこのところが分かると、もっとしっかりした鑑賞ができますね。

「皸」は冬の季語。他に「霜焼」「胼《ひび》」などもありますが、これらは私が子供の頃に経験したことで、今のような暖房器具が発達した時代には、もう殆ど無縁のものになっていると思っていました。冬山登山などをよくされる方にはまだあるのかもしれませんが……。

それでこの句は、亡くなられたお母さんの口癖だったのに違いない、それを冷たい台所仕事をしながら思い出して詠んだのだろうと添削したのです。ところがとんだ間違いでした。実はこのあかぎれは母ではなく、作者自身のものだったのです。エッ、ホント！　とびっくりしてしまいました。

すると、「これこれ」と手をひらひらさせて証明してくれましたが、見るからに痛そうで、それも両手の至る所にできていて。聞くところによると、この一～二年次々とお孫さんが生まれ、そのおむつなどの世話をしていてそうなったのだそうです。手袋を使ってもダメ、病院に行ってもよくならないと聞くと、気の毒で本当に可哀想でした。これは過去の話ではなく、現実だったのですね。

だから、この句の母はまだ健在のお姑さんのことで、あかぎれの出来た作者を「それは母の勲章だからね」と言って慰めてくれたんですって。これもいい話ですね。

昔の〝はは〟は、勿論私の母もそうでしたが、子供のため、家族のためならエンヤコラ……と我が身を削って働いてくれたんです。こんなことを書いていたら、昨年十一月に亡くなった母のことが思い出されて涙が出そう。ホントに働き者の母でしたから。いくら頑張っても、私は到底母の足元にも及びません。自分のことは何でも後回しにし、形振り構わず九人の子を慈しんで育ててくれました。本当に〝お母さんありがとう〞感謝、感謝です。母のことを話し出したらきりがありませんので、また何かの折にでも書きましょうね。

本題に戻りましょう。作者の話を聞いて、この句は最終的に次のように直しました。

　皸は母になりたる勲章と

次の句は一茶です。これも涙が出ますよ。

　皸をかくして母の夜伽かな　　一茶

「夜伽」とは、警護や看護などのため夜寝ずに付き添うことです。でもこの母は一体誰でしょう？　生母は一茶が三歳のときに亡くなっていますし、継母とはとても仲が悪かったし……それとも自分の子の母、即ち妻かしら……。一茶が旅で寝た遊女のこ

【冬】

とを母だなどという解説もあってびっくりです。でも、この句は遺句集の中にあるのですから、きっと詠んだのは晩年でしょう。だとするとやはり妻かも。

一茶は五十歳までは定住せずに、やっと五十二歳で初めての結婚をし、三男一女に恵まれて喜んだのも束の間、その子たちを次々と亡くし、挙げ句の果てに妻まで失ってしまいました。二回目はすぐに離婚、更に三回目の結婚をして、やっとまた我が子に恵まれるものの、その顔を見ることなく六十四歳で亡くなります。知れば知るほどなんと哀れな人生ですよね。だから、あんなに優しい俳句が詠めたのかも。

そうすると、この句も妻への愛情を詠んだのに違いありません。そんな一茶に合掌、私の母にも合掌。

２０１７年03月15日

「妻に」か「妻の」か？

季語：葛湯

昨日は午後と夜間のダブル句会の日でした。どちらも今年度の最終回。来年度は五月からですので、しばらくお休みです。

その最後の兼題は「葛湯」で、冬の季語です。

うすめても花の匂ひの葛湯かな　　渡辺水巴

きっと吉野葛でしょうね。薄紅色に桜の花の香りがほんのりとして……でも薄めてもするんですから結構強いのかも。そういえば桜の匂いって、桜湯にしても桜餅にしてもすぐに分かるほどですから。とても美味しそうで、寒い冬なのに間近に春を感じさせていい句です。

癒ゆること信じまゐらす葛湯かな

太田育子

葛湯は滋養もあり、体も温まるので、昔から子供や老人に愛飲されてきました……と歳時記にありましたのでそれを紹介すると、皆さん口々に、子供の頃飲んだことがないと仰います。エエッ！　どうして？　すると誰かが〝片栗粉の飴湯〟は飲んだことがありますと。そうですね。昔は高級な葛など子供には与えなかったのかも。代用品の安い片栗粉で済ましていたのでしょうか。葛根には発汗、解熱作用もありますので、私は風邪で食欲がない時などは飲ませて貰ったような記憶が……。お母さん、あれは片栗粉だったのでしょうか？　私は葛湯が大好きですので、今は自分で買ってきてよく飲みます。もちろん本物を。

ところで、昨日の句でとても面白い話がありましたので、ご紹介しましょう。その句は〈悪寒して妻に所望の葛湯かな〉です。採った人の弁、

「何と奥さん思いの優しい旦那さんでしょう。そこに魅かれて……」

「ちょっと待って。葛湯を飲んだのは誰？」

「そりゃ奥さんでしょ！」

「〃妻に〃とあるのよ。飲んだのは夫でしょ!」

「エエッ……妻がじゃないんですか?」

と。最後の極めつきが……

「それじゃあ、当り前だもん。採るの止めます」と。

大爆笑でした。作者は唯一の男性、苦笑いして、実を言うと葛湯を飲んだことがなく、俳句を作らなきゃと思い、奥さんに聞くとあるというので、それを自分で入れて飲んだんですよ、本当は……。それでは俳句にならないから創作したんです、と(またもや爆笑)。

皆さんとても熱心で、苦労されていますね。でもここはやはり〈悪寒して妻の所望の葛湯かな〉でないと、と作者を除く女性陣全員の一致で決まりました。オシマイ!

2018年02月11日

【冬】

迷句と名句

季語：雪晴

今日は朝から晴れて気温も十三度と暖かでした。何だか立春と聞いただけで気持ちまで軽くなったような。でも、お彼岸までにはきっと二〜三回は寒くなる時があるでしょうね。だって「寒戻り」とか「冴返る」「余寒」という季語があるのですから。

午後からは俳句教室。余りの暖かさにコートを着ずに行ったら、終わって帰る頃は曇り、やっぱりぞくぞくっとしました。空を見るとナントもいえない雲が一面に……。宇部は夜から明日に掛けて雨とか。だからなのでしょうか、最低気温が八度と。でも山口県の最低気温は〇度になっているんですからましかな。

今回の兼題は「雪晴」、もちろん冬の季語。最高点が二句あって、「これはどちらも〝メイ句〟だよね」というと、みなキョトンと！　それは〈雪晴の光飲み込む山の峰〉と〈雪晴の滑走路ゆく牽引車〉の句で、前句を採った人の弁、

「大きな山の景が見えて〝光飲み込む〟がよかった」

「山はどんな様子なの?」

「雪で真っ白」

「では、太陽が当たったらどんなかしら?」

「反射して眩しい……」

「では光を飲み込んだら?」

みんな「???」

「そうですね、ほら、迷句でしょ」

というと大笑い。ちなみに、この句は「山の峰」まで言わなくても「峰」だけでOKですよ。

次に「後句の方は〝名句〟よ」と言うと作者はポカ〜ンとして、「ほんとに信じていいんですか?」と(笑)。これは困った! たまに誉めると本気にしてもらえないなんて。でもこの句は正真正銘の名句。

「雪晴の飛行場がよく見えますね。当然滑走路は雪掻きしてあるでしょうが、他は真っ白。そこを牽引車が……」更に、

【冬】

「これは羽田のような都会の飛行場でしょう。宇部空港ではどうも……」

と言うと、作者がすかさず、

「帰国して成田空港へ降りようとしたとき、空港が雪でしばらく待たされて、上空を旋回していたときに見たんです。滑走路を牽引車だけが走っていて……」と。

やっぱり実際に見た景と想像での景の違いでしたね。

といっても、いつもいつも実景を見て詠むというわけにはいきません。だから見られるときにはしっかりと目に焼き付けておかないと。雪などはこちらではなかなか見られませんので難しいのですが、出来るだけ何でも見たり、聞いたり、体験したりと……。これが〝俳句の肥やし〟になりますからね。頑張りましょう！

2019年02月05日

知的な言葉の文芸

季語：蕪蒸

以前も書きましたが、一語でがらりと場面が変わるという句について今回も書きましょうか。

原句は〈蓋とれば眼鏡のくもる蕪蒸《かぶらむし》〉です。この句の季語は「蕪蒸」で冬。器に魚介や百合根、銀杏などを入れ、すり下ろした蕪に卵白を泡立てて加えたものをかけて蒸し、とろみをつけた出し汁をかけて熱いうちに食べるもの。茶碗蒸しのようなものですが、一味違った通の人に好まれる京料理です。

この句、確かに分かりやすいのですが、この分かりやすいという感想で終わってしまうには勿体ないですね。そこで考えてみましょう。この蓋は何の蓋でしょうか？普通蕪蒸は蓋付きの茶碗で作りますので、もちろん「蓋とれば」は茶碗の蓋ですよね。その蓋を取って食べるときに眼鏡がくもる……本当でしょうか。余程のことがなければ

【冬】

ば、そこまではくもらないでしょう。ちょっと大げさです。するとこんな意見が出ました。

「それは作っているときの蒸し器の湯気でくもるのでは？・」と。それなら分かります。でもこのように表現したのではそれは分からないでしょう。「鍋の蓋とれば」と言わなくては。または、〈蓋とればくもる眼鏡や蕪蒸〉とでもすれば中七で切れますので、作っている景ともなり得ますが……。

だからこの句の欠点は、蓋の曖昧さ、「とれば～くもる」という因果的なところ、さらに湯気でくもるという当り前の内容にあります。

ではこれをどう添削したでしょうか。この作者は一人暮らし、自分のためだけに蕪蒸を作ったと考えてもいいのですが、勿体ない。年末からお正月にかけて、子どもたちの家族が総勢九人も集まって賑やかだったという話を以前聞いていましたので、〈集ふ子に眼鏡くもらせ蕪蒸〉と直しました。こうすると、集まって来る子どもたちのために作っている蕪蒸で、その鍋の湯気で眼鏡がくもっていることになりますね。決して食べている景ではありません。

さらにこれを、〈集ふ子と眼鏡くもらせ〉と「に」を「と」に変えると、それだけで子どもたちと一緒に食べている和やかな景になるのです。しかし、そうすると季語の「蕪蒸」がしっくり来なくなりますので、例えば「おでん食う」とか「○○鍋」とかの、みんなで食べる冬の季語を考えてみるとよいでしょう。

いかがでしたか？　この一語の違い、面白くありませんでしたか。俳句というものは、本当に知的な言葉の文芸なのです。

2017年02月26日

暮しの季語

季語：節分

今日は二月三日。そうです、「節分」ですよ。「節分」とは四季それぞれの節の変わり目のことで、本来は年に四度あるのですが、現在では立春の前日のみが重要視されて、「節分」といえばこの日だけを指しますので晩冬の季語になります。

節分の雲の重たき日なりけり　稲畑汀子

まさに今日はこのような日でした……というより変な一日でした。朝のうちは日が差したり、午後になると雨が降り出したり、かと思うと今度は雪、そのうちまた日が差してきたりと……でも結局はとても寒い日だったということ。

この日の行事として、「追儺《ついな》」や「節分詣」などの季語もあります。門に柊や鰯の頭を挿したりする風習や、豆を撒いて鬼を追い出したりする行事も、邪悪なものや災厄を防ぐという意味からきたものです。だからこの節分にちなんだ季語はたくさんあります。次の一茶の前句の季語、「年の豆」は豆撒きの豆のこと。後句は「鰯の頭さす」という節分の夜の風習からの季語です。

三つ子さへかりりかりりや年の豆　一茶
門にさしてをがまるるなり赤いわし　〃

二句ともに一茶らしい諧謔が感じられますね。前句は「かりりかりり」のオノマトペが効いていますし、後句は、江戸時代には肥料にもされたという低級な鰯が、この日ばかりは拝まれるというアイロニー。このように、昔から私たちの暮しに生きてきた季語は大切にしたいものです。

さて、我が家では毎年この節分の日には、義母を連れて琴崎八幡宮と中津瀬神社にお詣りしますが、今年はもう一ヶ所加えて、節分の三社巡りとシャレてみたんですよ。

さあ、いよいよ明日からは春です。また気分を入れ替えて頑張りましょうか。みなさんもどうぞ！

2018年02月03日

あとがき

私が月刊俳句雑誌「馬酔木」の、五十歳以下の若手投句欄「あしかび抄」の選者に任命されたのが平成二十九年一月号。それから早くも五年以上があっと言う間に過ぎてしまいました。その選者を引き受けたとき、年々減ってゆく若手の投句者をどうしたら増やせるのかと思って始めたのが、ブログ「ちわきの俳句の部屋」でした。それが今回でもう優に二〇〇〇回を超えてしまいました。

ブログ開設時にも「俳句人口が増えたとはいうものの、高齢化の波と細分化されていく流派の現状から、若い人たちの獲得が今必至の状況ではないかと思うのです」と書いています。そう思って始めたものの、現実はなかなか厳しく、五年経っても全くその功を奏してはいません。

しかし、次の五年を目指してまたスタートを切るべく、ここで一旦区切りを付けておけばと思い出版を決意しました。本当は丸五年目の二月にと思ったのに、何やかやと忙しさに取り紛れて、とうとう今日になってしまいました。その間、特に「文學の森」の山田清美様には原稿の分類から整理まで何くれとお手伝い頂き、更には叱咤激励されつつ、こうやって日の目を見られることとなり、心から感謝に堪えません。

内容的には、ブログですからちょっとした暇を見つけて書いたもの。深く考えもせずにつらつらと書き綴った稚拙な文章ばかりです。しかし、だからこそ美辞麗句ではなく、俳句教室に来られる初心者の方々への私の本音を素直に書くことが出来たような気がします。

ブログには「俳句の部屋」というタイトルを付けていますが、俳句以外の日々の出来事や地域の行事など種々入り混じっていますので、その中から俳句を学び始められた方々に〝目からウロコ〟と思って頂けるような部分を中心に抜粋したつもりです。もし手に取って少しでも参考にして頂ければ、これ以上の幸せはありません。

最後に、各俳句教室や句会では何かと失言などもあったかと思いますが、この場をお借りして心から深くお詫び申し上げます。これからも皆さまあってのブログですので、どうかよろしくお願い致します。

令和四年十一月

兼久ちわき

著者略歴

兼久ちわき（かねひさ・ちわき）　本名　智和喜

1944年２月24日福岡県生まれ
1987年　「早苗」５月号初投句
1989年　「馬醉木」12月号初投句
1992年　「早苗賞」（誌友の部）受賞
1993年　「早苗」同人、「早苗賞」（同人の部）受賞
1995年　俳人協会会員
2002年　「馬醉木」風雪集同人
2015年　「馬醉木」当月集同人

句　集　『風聲』『甘雨』

現住所　〒755-0076　山口県宇部市大小路３-５-15

目《め》からウロコ
――「ちわきの俳句の部屋」から

発　行　令和四年十二月二十八日
著　者　兼久ちわき
発行者　姜　琪　東
発行所　株式会社　文學の森
〒一六九-〇〇七五
東京都新宿区高田馬場二-一-二　田島ビル八階
tel 03-5292-9188　fax 03-5292-9199
e-mail　mori@bungak.com
ホームページ　http://www.bungak.com
印刷・製本　有限会社青雲印刷

ISBN978-4-86438-995-2　C0095
落丁・乱丁本はお取替えいたします。